Na Lucha ag Rince

Mícheál Ó Ruairc

Cló Iar-Chonnachta
Indreabhán
Conamara

An Chéad Chló 2009
© Cló Iar-Chonnachta 2009

ISBN 978-1-905560-42-4

Dearadh: Deirdre Ní Thuathail
Obair ealaíne agus dearadh an chlúdaigh: Ciarán Ó Nualláin agus Shona
Shirley Macdonald.

Bord na
Leabhar   Foras na Gaeilge
Gaeilge

Tá Cló Iar-Chonnachta buíoch de Bhord na Leabhar
Gaeilge (Foras na Gaeilge) as tacaíocht
airgeadais a chur ar fáil.

arts
council
schomhairle
ealaíon

Faigheann Cló Iar-Chonnachta cabhair airgid
ón gComhairle Ealaíon.

Clóchur Cló Iar-Chonnachta
Teil: 09
Priontái Clódóirí Lurga
Teil: 09

*Tiomnaím an saothar seo do mo mhac Brian
Ó Ruairc, a chabhraigh liom é a chur i dtoll a chéile.*

CLÁR

RÉAMHRÁ

Deirfiúr don tsamhlaíocht í an óige. Leathchúpla. Is iad laethanta na hóige laethanta na samhlaíochta. 'Bíonn an óige aislingeach' de réir an tseanfhocail agus is ionann a bheith aislingeach agus a bhcith idéalach agus samhlaíoch. Cuireann daoine óga suim ar leith i ngnéithe áirithe de limistéar na samhlaíochta: an fhantasaíocht, an t-osnádúr, an domhan osréalaíoch, an eachtraíocht, an áibhéil, taibhsí, draíocht agus mar sin de. Luath go leor, tagann deireadh le laethanta na hóige agus bíonn ar an aos óg aghaidh dhrogallach a thabhairt ar dhomhan an duine fásta, lena chúraimí, lena dhualgaisí, lena fhreagracht.

Is nithe iad an chumadóireacht agus an scríbhneoireacht chruthaitheach a bhfuil faillí déanta orthu sa chóras oideachais le fada an lá. Ón gcéad lá sa mheánscoil, geall leis, dírítear aird an pháiste ar fhíricí agus ar fhoghlaim ar mhaithe le dul chun cinn a dhéanamh sa saol. Sa bhealach seo bíonn an córas oideachais fite fuaite le nithe saolta in aigne an pháiste. Cothaíonn agus neartaíonn córas na bpointí an dearcadh seo. Is beag áit atá ann don taobh cruthaitheach nó samhlaíoch d'aigne an duine óig. Níl dabht ar bith im aigne féin ach gur chothaigh córas na bpointí fealsúnacht an *utilitarianism* ag an dara leibhéal, a bhfuil macallaí d'úrscéal *Hard Times* le Charles Dickens, a foilsíodh sa bhliain 1854, le sonrú ann: 'Now, what I want is, Facts. Teach these boys and girls nothing but Facts. Facts alone are wanted in life. Plant nothing else, and root out everything else . . . Stick to Facts, sir!' D'fhás an dearcadh a léirítear in *Hard Times* as an Réabhlóid Thionsclaíoch i Sasana, leis an mbéim ar fad ar eitic na hoibre agus ar dhul chun cinn. D'fhás Córas na bPointí as Réabhlóid an tSaoroideachais in Éirinn. Le teacht an Tíogair Cheiltigh, leagadh an-bhéim go deo ar ábharachas agus ar shaint, agus mar is eol do chách is scáthán é an seomra ranga don tsochaí ina mairimid. Anois go bhfuil an Tíogar úd bailithe leis thar loch amach, bheifeá ag súil go bhfillfimis ar choincheapanna na samhlaíochta agus na cruthaitheachta arís.

Is beag deis a bhíonn ag lucht meánscoile, go háirithe lucht Ardteistiméireachta, aon rud samhlaíoch nó cruthaitheach a scríobh bunaithe ar an gcuraclam atá i réim faoi láthair. Ach tá fuinneog bheag amháin ann a thugann spléachadh ar dhomhan na cruthaitheachta agus na ceapadóireachta. Sin Ceist B, Scéal (Ceap-adóireacht) ar Pháipéar 1, Gaeilge, Ardteistiméireacht, Ardleibhéal. Sa cheist áirithe seo iarrtar ar dhaltaí scéal a scríobh bunaithe ar sheanfhocal nó ar nath cainte. Ar a laghad, tugann an cheist seo deis do dhaltaí iad féin a chur in iúl trí mheán na ceapadóireachta gan dul i muinín fíricí nó argóintí réadúla. Tugtar deis dóibh dul i muinín an fhicsin agus ar an ábhar sin dul i muinín na samhlaíochta agus scéal nó gearrscéal a chumadh, neamhspleách ar chonstaicí na haiste, an ailt nó na díospóireachta.

Tá sé tábhachtach go mbeadh scileanna faoi leith ar eolas ag daltaí agus iad ag tabhairt faoi scéal nó gearrscéal a scríobh. Ba chóir go mbeadh struchtúr acu le go bhféadfaidís scéal a scríobh go muiníneach agus iad faoi bhrú. Seo a leanas an struchtúr nó an cur chuige a mholfainnse féin:

(a) Roghnaigh teideal a thuigeann tú agus a bhfuil tú sásta leis.

(b) Déan plota an scéil agus na príomheachtraí sa scéal a fhorbairt i d'aigne sula dtosaíonn tú ag scríobh. Is leor eachtra amháin. Bíodh an eachtra seo suimiúil agus sochreidte.

(c) Bíodh tús an scéil spreagúil, suimiúil agus láidir ionas go músclóidh sé spéis an léitheora. Is maith le léitheoirí an tús obann, an abairt ghearr a thógann isteach i gcroí an scéil iad láithreach bonn. Níl rud ar bith níos measa ná tús mall, leadránach a chuireann an léitheoir ó dhoras láithreach!
Mar shamplaí: 'Chuaigh Caitlín inairde staighre de rith te reatha. Phlab sí doras a seomra codlata ina diaidh.' Nó: 'Bhí na deora le Risteard.'

(d) Cruthaigh príomhcharachtar amháin ar a laghad. Ná cruthaigh níos mó ná beirt nó triúr. Is féidir roinnt mioncharachtar a bheith agat sa scéal ach coinnigh líon na mioncharachtar teoranta go maith. Ní bhíodh sna scéalta béaloidis ach triúr carachtar go hiondúil. Dá mbeadh níos mó ann bheadh an lucht éisteachta imithe amach an doras agus an seanchaí fágtha leis féin cois na tine!

(e) Bíodh coimhlint agat sa scéal. Teastaíonn coimhlint chun aird an léitheora a choinneáil.

(f) Bíodh teannas áirithe idir na carachtair éagsúla. Cuidíonn an teannas le fás agus forbairt an scéil agus méadaíonn sé fiosracht an léitheora.

(g) Tá sé tábhachtach go mbeadh comhrá (caint dhíreach) idir na carachtair éagsúla. Tugann an comhrá beocht agus práinn don scéal nach bhfuil le fáil sa chur síos leanúnach.

(h) Tá críoch an scéil an-tábhachtach. Bíodh an críoch obann nó bíodh sé spreagúil, ach ba chóir go mbainfeadh an léitheoir taitneamh as i gcónaí. Níl rud ar bith níos measa ná críoch dhochreidte, thuirsiúil.

Seo a leanas scéal samplach a bhfuil an chuid is mó de na tréithe thuasluaite le sonrú ann. Tabhair faoi deara go bhfuil go leor den fhantasaíocht agus go leor castaí ann agus cuimsíonn an plota réimse fada aimsire. Maidir le críoch an scéil, ní críoch róshona atá inti ach ag an am céanna tá sé soghlactha don léitheoir:

Scéal le scríobh . . .

Is Ait an Mac an Saol

Buachaill aisteach ba ea Deiric Ó Súilleabháin. Ní raibh aon chairde aige ar scoil ná ina cheantar dúchais. Aonarán ba ea é. Níor ghlac sé páirt ar bith in imeachtaí sóisialta na scoile. Ní fhaca éinne riamh é ag labhairt le cailíní as a rang féin ná as rang ar bith eile ach oiread. Dá labhródh cailín leis d'éireodh sé chomh dearg le coileach turcaí. Ní fhanfadh focal ina bhéal agus bheadh ar chumas balbháin níos mó a rá. Cé go raibh sé cliste ar scoil, níor bhac sé mórán le staidéar ná le hobair bhaile. Ní fhéadfadh éinne a rá go raibh sé staidéartha ná go raibh sé ina chruimh leabhar. Bhí suim mhór aige sa léitheoireacht, sa cheol agus sna scannáin. Maidir le bheith ag breathnú ar an teilifís, d'fhéadfadh Deiric a bheith ag breathnú ar an teilifís ó dhubh go dubh is ó dhubh go geal arís. Bhí dúil mhillteanach aige sa bhosca draíochta sa chúinne gan aon agó. Buachaill aisteach ba ea é gan amhras.

Deireadh gach éinne, go háirithe na cailíní as na ranganna Ardteistiméireachta eile, go raibh sé dathúil. Bhí na cailíní as a rang féin den tuairim nach raibh ann ach amadán nó gamal is bhídís ag magadh faoi de shíor. Bhí scoláirí áirithe as an rang céanna go láidir den tuairim go raibh sé aisteach ar bhealach eile, go raibh sé aerach, gan fiacail a chur ann. Chuala sé féin an ráfla sin agus d'éirigh sé thar a bheith feargach agus bhagair sé go mbrisfeadh sé pus an bhuachalla nó an chailín dá gcloisfeadh sé é nó í ag rá go raibh sé aerach.

Tháinig athrú mór ar Deiric agus é i rang na hArdteistiméireachta. D'éirigh sé ní ba chiúine agus ní ba thostaí ná mar a bhí sé cheana. Sheachain sé comhluadar na ndaltaí eile ar nós na plá. Ina dhiaidh sin níor chuir na daltaí eile chuige ná uaidh. Níor bheannaigh siad dó fiú. Ná níor bhac Deiric mórán leis an staidéar agus é ag ullmhú do scrúdú na hArdteistiméireachta. Luigh sé isteach ar na leabhair, ach níor leabhair scoile iad ach úrscéalta agus beathaisnéisí agus leabhair thaistil.

Tharla rud aisteach tráthnóna amháin tar éis scoile agus é ag fágáil chlós na scoile ar a bhealach aonarach abhaile. Chuaigh sé sall chuig cailín as a rang féin – Eithne Nic an Bhaird – agus d'fhiafraigh sé di an rachadh sí chuig an Debs leis ar an séú lá de Dheireadh Fómhair. Ba í Eithne an cailín ab áille sa rang agus fiú amháin sa scoil. Ba í siúd a dúirt tráth go raibh Deiric dathúil 'ina shlí féin'. Nuair a d'iarr sé uirthi é a thionlacan chuig an Debs, thit an lug ar an lag aici. Dhiúltaigh sí glan dul ina theannta. Scairt sí amach ag gáire agus ghríosaigh sí a cairde chun a bheith ag magadh faoi Deiric bocht os comhair an tsaoil mhóir. Abhaile le Deiric agus é i ndeireadh na feide le náire agus le gruaim.

Ní dheachaigh Deiric chuig an Debs ar an séú lá de Dheireadh Fómhair. Ní raibh sé in Éirinn fiú an oíche sin. Thug sé aghaidh ar Mheiriceá tar éis dó torthaí na hArdteistiméireachta a fháil, torthaí nach raibh ró-dhona, dála an scéil. Ós rud é nach raibh aon chairde aige is go raibh sé ina aonarán, níor mhothaigh éinne uaidh é.

D'imigh na blianta go sciobtha. Bhí ráflaí ag

gabháil thart go raibh Deiric i Hollywood agus go raibh sé ag glacadh páirte i scannáin. De réir a chéile, d'fhás agus mhéadaigh a chlú agus a cháil, agus nuair a d'éirigh Daniel Craig as páirt James Bond, ainmníodh Deiric mar chomharba air. Nuair a bhí an chéad scannán de chuid James Bond ina raibh Deiric páirteach – *Forever and a Day* – á eisiúint in Éirinn, d'fhill Deiric ar phictiúrlann a bhaile dhúchais d'oíche na hoscailte. Bhí na meáin chumarsáide, go háirithe lucht teilifíse, ann ina sluaite an oíche chéanna, is bhí ar Deiric sleamhnú go discréideach isteach cúldoras na pictiúrlainne chun iad a sheachaint.

Bhí baniriseoir ón nuachtán áitiúil – *The Leitrim Echo* – ag fanacht leis ag an gcúldoras agus í ar bís agallamh a chur air. Eithne Nic an Bhaird ab ainm di agus ba bheag nár thit sí i bhfanntais ar fheiceáil di an réalt scannáin cáiliúil, dathúil os a comhair amach. Rith sí chuige agus a leabhar nótaí ina lámh aici.

'Is mise Eithne Nic an Bhaird,' ar sise agus a hanáil i mbarr a goib aici. 'Bhí mé in aon rang leat ar scoil. An cuimhin leat mé?'

D'fhéach sé uirthi go fuarchúiseach.

'Ní cuimhin liom tú,' ar seisean go giorraisc, 'níl aon aithne agam ort. Anois,' ar seisean le duine dá ghardaí cosanta, 'tóg an bhean seo as mo radharc, pé hí féin, agus lig dom dul isteach sa phictiúrlann. Táim cráite ag a leithéidí.'

Shiúil sé thairsti gan focal eile a rá. Fágadh Eithne ina dealbh ansin agus na deora léi.

Is ait an mac an saol gan amhras!

Gluais

staidéartha – studious; cruimh leabhar – bookworm;
aerach – gay; comhluadar – company; ar nós na plá –
like the plague; níor chuir na daltaí eile chuige ná
uaidh – the other students didn't bother him;
beathaisnéisí – biographies; a thionlacan – to
accompany him; thit an lug ar an lag aici – she got an
awful shock; i ndeireadh na feide – at the end of (his)
tether; comharba – successor; eisiúint – (being)
released; thit sí i bhfanntais – she fainted; a hanáil i
mbarr a goib aici – she was breathless; go giorraisc –
abruptly.

Tá súil agam go mbainfidh sibh taitneamh agus tairbhe
as na scéalta sa leabhar seo agus go gcuideoidh an
leabhar libh agus sibhse ag scríobh bhur scéalta féin.

Mícheál Ó Ruairc
Bealtaine 2009

AIFÉALA

Bhí sé a trí a chlog ar maidin nuair a dhúisigh Seán Ó
Briain. Amach as an leaba leis go beo agus chuir sé air
a chuid éadaigh go sciobtha. Anuas an staighre leis ar
a bharraicíní agus shleamhnaigh sé amach an cúldoras.
Dhruid sé an cúldoras go díscreideach ina dhiaidh agus
rinne sé a bhealach amach ar an bpríomhbhóthar. As
go brách leis ag rith ar nós na gaoithe ar an mbóthar
dorcha agus stad ní dhearna sé gur shroich sé teach an
mhúinteora staire, Frainc Mac Mathúna.

Chonaic sé carr an mhúinteora páirceáilte sa chlós
lasmuigh dá theach cónaithe. Thóg Seán an scian
phóca amach agus d'oscail í. Bhí faobhar géar ar lann
na scine. Ghearr Seán gach ceann de na ceithre bhonn
faoin gcarr agus ansin theith sé lena anam as an áit . . .

Ba é Frainc Mac Mathúna faoi deara é a chur ar
fionraí, dar le Seán. Dúirt múinteoir éigin leis an
bpríomhoide go raibh Seán ag ól canna beorach sa
tseid taobh thiar den scoil. Ní raibh an príomhoide
sásta a rá cén múinteoir a sceith air, ach nach bhfaca
Seán Frainc Mac Mathúna ag dul trasna an chlóis ag
am lóin. Bhí sé cinnte gurbh é a d'inis don
phríomhoide go bhfaca sé ag ól é.

Cuireadh Seán ar fionraí ar feadh trí seachtaine. Bhí ar an bpríomhoide tuismitheoirí Sheáin a chur ar an eolas faoin eachtra agus baineadh stangadh astu. Thug siad íde na muc agus na madraí do Sheán agus ní ligfidís lasmuigh den doras é ar feadh an ama a raibh sé ar fionraí. Chaitheadh sé gach uile lá thuas staighre ina sheomra ag staidéar go dian.

D'fhás fuath ina chroí do Fhrainc Mac Mathúna. Thosaigh sé ag beartú díoltais ina choinne. Smaoinigh sé go bhféadfadh sé a theach a chur trí thine, nimh a thabhairt dá mhadra nó fuinneoga a thí a bhriseadh i lár na hoíche. Faoi dheireadh chinn sé ar bhoinn a chairr nua a ghearradh. Mhúinfeadh sé sin ceacht dó!

D'fhill Seán ar scoil ar an Luan. Nuair a tháinig Mac Mathúna chuige sa rang staire, gheit a chroí. Bhí sé cinnte go raibh a fhios aige gurbh é a ghearr boinn a chairr. Ach b'amhlaidh a thug sé burla mór nótaí staire dó agus mhol sé dó staidéar a dhéanamh orthu mar ullmhúchán do na réamhscrúduithe a bheadh ag tosú an tseachtain dár gcionn.

'D'fhéadfá grád A a aimsiú gan stró ar bith, a Sheáin,' ar seisean leis, 'mar is togha mac léinn staire tú dá gcuirfeá dua ort féin.'

Ag am lóin, ghlaoigh an príomhoide ar Sheán teacht i leataobh. 'Tá súil agam go bhfuil do cheacht foghlamtha agat, a Sheáin,' ar seisean leis, 'agus nach ndéanfaidh tú rud amaideach mar sin arís. A leithéid de phleidhce! Agus an múinteoir eolaíochta, Bean Uí Shé, ag breathnú caol díreach ort trí fhuinneog an tseomra eolaíochta . . . a leithéid . . . Geallaimse duit, a bhuachaill, murach gur tháinig do mhúinteoir staire, an tUasal Mac Mathúna, chugam ag déanamh idirghuí ar do shon, bheadh bata agus bóthar faighte agat, a mhic Uí Bhriain.'

'. . . ach cheap mise . . . cheap mise gurbh é . . .'

'Bí ag bailiú leat anois, a Sheáin, agus bíodh ciall agat agus má chloisim gearán eile fút is duitse is measa é!'

Bhailigh Seán leis agus é go mór trí chéile. Bhí a cheann faoi aige agus a intinn cráite, céasta, scólta. Ar a bhealach abhaile an tráthnóna sin, thuig sé go raibh botún uafásach déanta aige agus go mbeadh air cúiteamh a dhéanamh ina dhrochghníomh. Tháinig aiféala air agus thosaigh sé ag caoineadh go géar, goirt.

Aithníonn Ciaróg Ciaróg Eile

Bhí sé nach mór a leathuair tar éis a naoi nuair a d'fhág Treasa Ní Luain a teach cónaithe. Ba í seo an chéad uair ina saol scoile di a bheith déanach ag fágáil an bhaile. De ghnáth, bhíodh sí ag stad an bhus ag a leathuair tar éis a seacht. Bhí imní ar a máthair ina taobh ach mhóidigh Treasa go raibh an chéad dá rang saor aici agus nach raibh na ranganna ag tosú go dtí a ceathrú tar éis a deich. Cé go raibh amhras ar a máthair faoi seo, ghlac sí leis go raibh a hiníon ag insint na fírinne. Ach bhí an ceart ag a máthair a bheith amhrasach. Ní raibh Treasa ag insint na fírinne.

Bhí sé a cúig tar éis a deich nuair a shroich an bus an stad lasmuigh de Choláiste Mhuire gan Smál. Níor thuirling Treasa den bhus. D'fhan sí ina suí thuas staighre agus níor fhéach sí i dtreo na scoile fiú. D'fhan sí sa bhus go dtí gur shroich sí lár na cathrach. Thuirling sí den bhus ansin agus rinne a bealach caol díreach go dtí The Penny Arcade, stuara beag brocach a bhí folaithe nach mór ó radharc na súl ar shráid bheag laistiar de Shráid Uí Chonaill.

'The Penny Arcade?' arsa Treasa léi féin ina hintinn. 'Caithfidh daoine The Cent Arcade a ghlaoch ar an áit sul i bhfad!' Bhí Denise, Pádraigín agus

Colette ann roimpi. Bhí siad ina seasamh ar an tsráid lasmuigh den stuara agus toitíní á gcaitheamh acu. Bhí siad gléasta ina n-éidí scoile ach bhí cótaí á gcaitheamh acu sa chaoi nach dtabharfaí na héidí scoile faoi deara.

Ba í Colette an ceannaire. Ba í siúd a d'eagraigh an lá seo faoin tor. Bhí sé i gceist aici go gcaithfidís an mhaidin go léir sa stuara agus go rachaidís go McDonald's ina dhiaidh sin. San iarnóin bhí sé beartaithe aici go dtógfaidís bus go Páirc an Fhionnuisce, áit a raibh cannaí beorach (dhá shé-phaca Budweiser) curtha i bhfolach acu faoi thom glas cúpla céad slat ó Áras Ambasadóir Mheiriceá.

Rachaidís abhaile ansin agus déarfaidís lena dtuismitheoirí gur chaith siad an lá ar scoil ag obair go dian ag ullmhú do scrúdú na hArdteistiméireachta. Bhí sé i gceist ag Colette go ndéanfaidís é seo uair sa choicís agus níos minice tar éis na Cásca.

Ba í seo an chéad uair ag Treasa a bheith mar bhall den ghrúpa seo. Cé gur mhothaigh sí pas beag neirbhíseach agus míshuaimhneach, fós féin bhí áthas uirthi go raibh siad tar éis glacadh léi as an líon mór cailíní sa rang. Bhí sé an-tábhachtach go nglacfaí leat mar chuid den chomhluadar. Rófhada a bhí Treasa ina haonar, dar léi féin. Rófhada a bhí sí ina cailín maith. Theastaigh uaithi a bheith cosúil le gach duine eile, go háirithe le Colette, Pádraigín agus Denise, cailíní a raibh clú agus cáil orthu sa scoil de bharr go mbídís ag troid i gcoinne na n-údarás de shíor.

Bhí sé a leathuair tar éis a haon nuair a shroich siad Páirc an Fhionnuisce. Shiúil siad ó gheataí na páirce chomh fada le hÁras Ambasadóir Mheiriceá. Rinne siad ar an tom glas ina raibh na cannaí beorach curtha i dtaisce ag Colette an oíche roimhe sin.

Thosaigh Colette ag cuardach agus d'aimsigh sí an sé-phaca. Thóg sí paicéad toitíní as a mála agus thug sí toitín an duine don triúr eile. Las siad go léir na toitíní, shuigh siad síos ar an talamh i gciorcal beag agus d'oscail siad na cannaí. D'ól Colette slog mór as a canna agus d'ardaigh suas san aer é. 'Sláinte mhaith!' ar sise agus í sna trithí gáire, ach sula raibh deis ag aon duine den triúr eile focal a rá léim príomhoide Choláiste Mhuire gan Smál, Bean Mhic Ionraic, as na sceacha in aice láimhe agus lig sí béic aisti a reoigh an fhuil i gcuislí na gcailíní.

'Fanaigí mar a bhfuil sibh!' arsa sise go húdarásach. 'Tá beirthe agam oraibh faoi dheireadh.'

Ní túisce é sin ráite aici ná gur léim ceathrar ban eile as na sceacha. Thit an lug ar an lag ag na cailíní! A máithreacha a bhí ann agus cuma chrosta ar aghaidh gach máthar díobh.

'A leithéid!' arsa Bean Mhic Ionraic. 'Táim ag faire oraibhse le tamall anuas. Bhí a fhios agam cad a bhí ar bun agaibh. Lean mé an ceathrar agaibh inniu agus ansin chuir mé glaoch ar bhur dtuismitheoirí. Tá bhur dtuismitheoirí bochta náirithe agaibh. Beidh sibh ar fionraí go ceann míosa ar a laghad. Nach mór an náire sibh a bheith ag ól agus ag caitheamh tobac amhail is dá mba ógchiontóirí sibh. Maidir leatsa,' ar sise, ag díriú a súile ar Threasa, 'tá díomá mhór orm gur lig tú do na cailíní eile óinseach a dhéanamh díot!'

Thosaigh Treasa ag gol agus thug a máthair ordú di í a leanúint as an áit. Nuair a bhí an bheirt acu istigh sa charr thosaigh Treasa ag iarraidh an scéal a mhíniú dá máthair ach dúirt a máthair léi a bheith ina tost. 'Ná cloisim focal uait,' arsa sise, 'is mar an gcéanna tusa agus gach aon duine den triúr eile. Aithníonn ciaróg ciaróg eile. Cad eile is féidir a rá fúibh?'

Ar Iarraidh

Ar chuala tú faoi Dhaithí Ó Luasa? Níor chuala? Bhuel, is ógánach bliain is fiche é Daithí. Cosúil le hógánach ar bith eile. Ach tá difríocht mhór amháin idir Daithí agus na hógánaigh eile seo.

Tá Daithí ar iarraidh.

Is ea, tá Daithí ar iarraidh le bliain go leith um an dtaca seo. Níl tásc ná tuairisc ar Dhaithí ó Dheireadh Fómhair na bliana 2007. Tá Daithí ar iarraidh óna sé a chlog Dé hAoine, an tríú lá déag de Dheireadh Fómhair, 2007, le bheith níos cruinne. Aoine an tríú lá déag! Aoine an mhí-áidh! Aoine na pisreoige! Ar a sé a chlog an tráthnóna cinniúnach sin shiúil Daithí amach doras a thí féin agus ní fhacthas ó shin é. Amhail is gur oscail an talamh faoina chosa agus gur slogadh isteach i nduibheagán éigin é.

Bhí Daithí naoi mbliana déag go leith nuair a d'imigh sé as amharc. Mac léinn ba ea é. Cúrsa gnó á dhéanamh aige san ollscoil. É go sona sásta ann féin. Buachaill breá spórtúil, spraíúil, spleodrach, neamhspleách. Post páirtaimseartha aige sa lárionad siopadóireachta.

Nuair a d'fhág sé an teach an tráthnóna sin bhí sé

ag dul caol díreach go dtí an siopa ceoil sa lárionad siopadóireachta ina raibh sé fostaithe. Thaitin an post go mór leis mar bhí spéis ollmhór ag Daithí sa cheol. Chreid sé go paiseanta gurb é an ceol ceann de na rudaí ba thábhachtaí i saol an duine.

Sular fhág sé an teach, bhí béile aige i dteannta a mháthar agus a dheirféar, Áine. Bhí a athair fós ag obair in oifig árachais sa bhaile mór. Ní fhillfeadh sé siúd go dtí a seacht.

Níor fhill Daithí riamh.

Ní raibh imní dá laghad ar a thuismitheoirí nuair nár fhill sé an oíche Aoine sin. Ná an mhaidin ina dhiaidh. Bhíodh sé mar nós ag Daithí oícheanta Aoine a chaitheamh i dteach a charad Pól de Bhál ar Bhóthar an Ráschúrsa. Ansin, an mhaidin dár gcionn, d'fhéadfaidís dul ag siopadóireacht sa bhaile mór nó d'fhéadfaidís fanacht sa leaba go dtí a haon a chlog san iarnóin. Thosaigh siad ag éirí buartha nuair nach bhfuair siad scéala uaidh roimh a sé a chlog ar an Satharn. Chuir siad scairt ghutháin ar Phól. Ar ndóigh, ní fhaca Pól é.

Bhog cúrsaí ar aghaidh go sciobtha ina dhiaidh sin. Na Gardaí. Meitheal tóraíochta. Fógraí sna meáin chumarsáide. Mórchuid bileog agus póstaer. Neart tuairimí. Neart cainte. Neart cumha agus briseadh croí dá thuismitheoirí bochta agus dá dheirfiúr sceimhlithe. A chairde agus a ghaolta go léir brónach, croíbhriste ina dhiaidh.

Gach aon duine dóchasach go raibh sé beo fós agus go bhfillfeadh sé lá éigin agus go mbeadh sé féin agus a mhuintir i dteannta a chéile arís agus go mbeadh críoch shona le scéal Dhaithí.

Agus nach ar a mhuintir agus ar a chairde a bheadh an ríméad dá dtarlódh sé sin. Bheadh Daithí fillte ón mbás agus cad é mar lúcháir agus bualadh bos agus deora áthais a d'fháilteodh ar ais go tír na mbeo é.

Ach go dtí go dtiocfadh an lá sin, bhí Daithí fós ar iarraidh. Ar nós na gcéadta eile mar é. Amuigh ansin in áit éigin. Amhail is gur oscail an talamh faoina chosa agus gur slogadh anuas é.

Ar iarraidh.

Bíonn an Fhírinne Searbh

Bhí ríméad ar Sheoirse de Bhaldraithe. Ní fhéadfadh sé srian a choinneáil ar a mhianta. Lig sé béic as a chloisfeá sa Domhan Thoir. Cé go raibh sé i lár an tslua ar Shráid na Beairice agus daoine ag amharc air amhail is go raibh sé glan as a mheabhair, bhí sé beag beann orthu. D'fhéadfaidís dul i dtigh diabhail, an smaoineamh a rith leis. Lig sé béic eile as agus bhuail sé bosca na litreach lena dhorn agus é ag gabháil thar bráid. BHÍ SÉ AR AN bhFOIREANN! Ba ar éigean a raibh ar a chumas é sin a chreidiúint. Bhí áit faighte aige ar fhoireann shóisearach an chontae. Yipee! Seán Óg Ó hAilpín Uimhir a Dó – seo chugaibh é! Fágaigí an bealach, a dhaoine uaisle, más é bhur dtoil é! Bhí sciatháin ar a chroí! Bheadh sé ag imirt i bPáirc an Chrócaigh. Bheadh clú agus cáil air i gCathair Chorcaí agus i measc a chairde féin.

Nuair a shroich sé an baile, d'inis sé an dea-scéala dá mháthair agus muna raibh bród agus gliondar uirthi, níor lá fós é. 'Tá d'áit ar an bhfoireann tuillte agus tuillte go maith agat, a Sheoirse,' ar sise leis. 'Tar éis an tsaoil nach mó oíche fhuar gheimhridh atá caite agatsa ag cleachtadh iománaíochta le dhá bhliain anuas. Maith thú!' Rinne Seoirse rún an tráthnóna sin nach mbacfadh sé leis na leabhair scoile go ceann seachtaine. Cé go raibh an t-uafás staidéir le déanamh aige is go raibh múinteoirí áirithe ar scoil sa mhullach air i dtaobh a chuid ceachtanna, chuir Seoirse an rud ar fad as a cheann. Mheas sé go raibh an lámh in uachtar aige orthu go léir um an dtaca seo. Mhúinfeadh sé ceacht dóibh siúd a raibh sé mar nós acu a bheith ag caitheamh anuas air. Thaispeánfadh sé dóibh nárbh aon dóithín é Seoirse de Bhaldraithe. Bhuafadh foireann shóisearach iománaíochta an chontae Craobh na hÉireann i mbliana.

Chuir sé scairt ar a chairde agus roinn sé an dea-scéala leo. Mhol siad dó go mba chóir dó an ócáid a cheiliúradh. Bhí Seoirse an-tógtha leis an moladh sin. Ba bhreá leis é a cheiliúradh. Shocraigh siad ar bhualadh le chéile in Clancy's ag a naoi a chlog.

Nuair a shroich Seoirse teach tábhairne Clancy's an oíche Aoine sin, bhí an áit plódaithe. Bhí a chairde scoile ar fad ann agus cairde eile nárbh iad. Bhí an-chuid cailíní dathúla ann freisin. Gach éinne ag déanamh comhghairdis le Seoirse faoin éacht a bhí déanta aige. É ag imirt d'fhoireann shóisearach an chontae! *By dad!* D'fhág siad Clancy's ag meán oíche agus ar aghaidh leo go dtí ceann de na clubanna oíche is fearr sa chathair. Bhí ardoíche acu ansin is bhí sé ag druidim lena trí a chlog ar maidin nuair a d'fhág siad an áit.

Rinne siad coinne go mbuailfidís le chéile in Clancy's arís an oíche dár gcionn.

Bhí babhta traenála ag Seoirse sa Marydyke maidin

Dé Domhnaigh. Bhí tuirse air tar éis a bheith ag ragairne ar feadh dhá oíche as a chéile ach rinne sé a dhícheall le linn an tseisiúin traenála.

Lean cúrsaí ar aghaidh mar sin ar feadh tamaill. Bhí gach rud á chur ar an méar fhada ag Seoirse. Ba ar éigean a bhacfadh sé le staidéar ná le hobair bhaile a thuilleadh cé go raibh scrúdú na hArdteistiméireachta ag teannadh leis go sciobtha. Ach bhí Seoirse beag beann ar chúrsaí scoile faoin am seo. Nach raibh áit aige ar fhoireann shóisearach iománaíochta na scoile! Nach raibh áit aige ar fhoireann an chontae, in ainm Dé! Nach raibh sé ag siúl amach le hAmanda, cailín rídhathúil as Tobar Rí an Domhnaigh!

D'éirigh leis an bhfoireann a bheith sa chluiche leathcheannais in aghaidh an Chláir. Bheidís ag imirt i bPáirc Uí Chaoimh! Bhí an babhta deireanach traenála acu sa Marydyke tráthnóna Dé hAoine. Ag deireadh an bhabhta thraenála d'fhógair an traenálaí cé a bheadh ag imirt ar an bhfoireann in aghaidh an Chláir ar an Domhnach. Chuaigh sé tríd an liosta, ach níor luaigh sé ainm Sheoirse. Fíu níor luaigh sé a ainm i measc na n-ionadaithe. Thit an lug ar an lag ag Seoirse. Caithfidh go raibh botún déanta aige. Caithfidh go ndearna sé dearmad ar ainm Sheoirse a lua. Chuaigh Seoirse suas chuige. 'Nach bhfuil . . . nach bhfuilimse ar an bhfoireann?' a d'fhiafraigh sé de agus creathán ina ghuth.

'Is oth liom a rá nach bhfuil áit ar an bhfoireann duit an babhta seo, de Bhaldraithe,' arsa an traenálaí leis go neamhbhalbh.

'Cad chuige?' d'fhiafraigh Seoirse de.

D'fhéach an traenálaí air go fuarchúiseach. 'Mar nach bhfuil iarracht ar bith á dhéanamh agat, de Bhaldraithe,' ar seisean leis. 'Bhí an-gheallúint ionat ach is oth liom a rá leat nár chomhlíon tú an gheallúint sin. Sin í an fhírinne agus mar is eol do chách, bíonn an fhírinne searbh. Má éiríonn linn an bua a fháil ar an gClár, tig liom a rá leat anois nach mbeidh tú ar an bhfoireann a imreoidh sa chluiche ceannais ach an oiread. Ach ná bíodh lagmhisneach ort. Má chuireann tú romhat áit a fháil ar an bhfoireann don bhliain seo chugainn, beidh áit ann duit, táim cinnte de sin.'

Ag filleadh abhaile dó an tráthnóna sin, ní raibh Seoirse ag béiceadh le ríméad. Bhí a cheann faoi aige agus é ag sileadh na ndeor.

Bíonn Blas ar an mBeagán

Nuair a bhuaigh Tomás Ó Sé an Crannchur Náisiúnta bhí sciatháin ar a chroí, ní nach ionadh. Ríméad, lúcháir, gliondar agus sonas le chéile in aon mhaidin ghrianmhar earraigh amháin.

Dhá mhilliún euro! Cé a chreidfeadh é? B'iontach ar fad an gaisce é. Cé a chreidfeadh go mbuafadh uimhreacha tí a mhuintire agus a ghaolta an Crannchur Náisiúnta dó! Ach b'in a bhí tarlaithe.

6 – uimhir a thí féin; 9 – uimhir tí a uncail i Londain; 16 – uimhir tí a thuismitheoirí i nGlasnaíon; 23 – uimhir tí a chailín, Nuala; 24 – uimhir tí a aintín i bPort Láirge; 39 – uimhir tí a sheanathar i dTrá Lí. Dochreidte!

Ní túisce an seic briste aige ná thosaigh sé ag caitheamh an airgid, amhail is go raibh sé ag dul as faisean, rud nach raibh le bheith fírinneach faoi. Cheannaigh sé Mercedes úrnua dó féin. Barr na sraithe. €180,000. B'fhiú é. Mheallfadh sé na cailíní dó. Agus mheall. Christine, mainicín as Londain. Chas sé ar Christine sa Chistin i mBaile an Teampaill oíche. Í i dteannta ball de U2 agus Andrea Corr in éineacht léi. Andrea Corr! A leithéid de chailín álainn. D'fhéadfadh sé titim i ngrá le hAndrea i bpreabadh na súl. Ach fan! Á! Fear ina teannta. Fear óg ard agus cuma an tsaibhris air.

Ansin chonaic sé Christine. Í óg agus álainn. Gruaig chiardhubh. Gáire mealltach. D'fhéach sé ina treo. Gan aon fhear ina teannta. Bhuail súile na beirte acu lena chéile. Chliceáil.

D'iarr sé uirthi dul amach ag rince leis. Bhí sí toilteanach. BHÍ SÍ TOILTEANACH! Heileo! Bhí sí toilteanach dul amach ag rince le Tomás Ó Sé, fear a bhí ag obair le An Post. Is ea, fear poist ba ea Tomás. Go dtí gur bhuaigh sé an Crannchur Náisiúnta. Ansin d'éirigh sé as an bpost sin agus bhunaigh sé a chomhlacht féin – Fíoruisce ón Tobar – agus bhí ag éirí thar barr leis an gcomhlacht céanna. Naonúr fostaithe aige agus an t-uisce á ól i gcuid de na tithe tábhairne, na hóstáin agus na clubanna ab fhearr i mBaile Átha Cliath. É á ól sa Chistin. Tar éis babhta cainte a bheith aige le Christine, d'ordaigh sé buidéal Fíoruisce ón Tobar di. Thaispeáin sé di a ainm féin a bhí greanta ar ghloine an bhuidéil. Bhí sé ag dul i bhfeidhm uirthi! Bhí cinnte. Nó an raibh?

'Ach b'fhearr liomsa buidéal seaimpéin, murar mhiste leat,' a dúirt sí leis, i gcogar.

Níor mhiste leis. Chosain an buidéal €750 ach ní raibh i gceist sa mhéid sin ach sóinseáil bheag chomh fada is a bhain sé le Tomás. D'ól sí an dara buidéal agus an tríú ceann. Cén fáth nach n-ólfadh?

Shiúil sí féin agus Tomás amach le chéile ar feadh tréimhse dhá bhliain.

Chuaigh an bheirt acu ar a gcamchuairt go Páras, go dtí an Róimh, go Buenos Aires, go Sydney na hAstráile, go . . . go gach áit a bhféadfaí smaoineamh air, i ndáirire. D'ith siad agus d'ól siad sna bialanna ba dheise agus ba chostasaí ar domhan. Nuair a bhí Christine bliain is fiche, bhí breithlá mór aici i dteannta a cairde go léir i bPáras. D'íoc Tomás as an gcóisir sin agus as an mbrontannas a cheannaigh sé di, Porsche úrnua – cad eile!

Shleamhnaigh na laethanta agus na seachtainí agus na míonna thart. Maidin ghrianmhar amháin – maidin earraigh – dhá bhliain tar éis dó an Crannchur Náisiúnta a bhuachan, fuair Tomás glao ó bhainisteoir an bhainc ag rá leis go raibh sé i bhfiacha . . . i bhfiacha! Cé a chreidfeadh é? Fíoruisce ón Tobar i bhfiacha! Bheadh air an comhlacht a dhíol leis na fiacha a ghlanadh. Rud a rinne sé.

Ní raibh pingin rua fágtha – nó cent beag bídeach, ba chirte a rá.

Chuir sé scairt ar Christine a bhí ag freastal ar seó faisin i Madrid. An bhféadfadh sí iasacht bheag a thabhairt dó ar feadh seachtaine? Ní fheadfadh . . .!

Agus níor theastaigh uaithi é a fheiceáil arís! Cad chuige? Mar gur bhuail sí le fear eile. A leithéid! Agus cé hé? Eddie Irvine! Ná habair . . . ó is é, slán Christine . . . slán! Mhúch sé an fón póca. Ba bheag an méid creidmheasa a bhí fágtha air . . . tríocha cent, b'in an méid.

Thóg sé amach sparán. Ní raibh istigh ann ach cúig euro. Síos an bóthar leis go dtí an caife beir-leat,

Lorenzo's Takeway, agus cheannaigh sé mála sceallóg agus trosc bán. Thóg sé an béile abhaile go dtí a árasán beag brocach dorcha. Shuigh sé ag an mbord agus d'ith sé an t-iomlán go craosach.

'Bíonn blas ar an mbeagán' an smaoineamh a rith leis agus é ag machnamh ar a raibh i ndán dó i leathdhorchadas an árasáin bhig.

Brú

D'fhág Caitlín Nic Fhearghusa an teach ar a leath i ndiaidh a sé ar maidin. Maidin fhuar earraigh a bhí ann. Bhí gaoth bhioránta ag séideadh agus bhí sioc liath ar na bóithre. Bhí sé fós dorcha agus ba ar éigean a bhí ar a cumas stad an bhus a fheiceáil. Ní raibh ach duine amháin eile roimpi ag stad an bhus. Ba é sin Ruairí Ó Braonáin, a comharsa béal dorais. Bhí Ruairí ag freastal ar Scoil na mBráithre sa bhaile mór agus ba ar Chlochar na Trócaire sa bhaile mór céanna a bhí triall Chaitlín. Bheannaigh siad dá chéile ag stad an bhus. Bhí scrúdú na hArdteistimeireachta á dhéanamh ag an mbeirt acu. Labhair siad faoi na triailscrúduithe a bhí ag teannadh leo go sciobtha um an dtaca sin. Ní raibh fágtha acu ach seachtain eile agus ansin bheadh orthu coicís a chaitheamh i halla an scrúdaithe á marú féin leis na diabhail triailscrúduithe.

An mhaidin áirithe sin, bhraith Caitlín go raibh fonn cainte thar mar ba ghnách ar Ruairí. Labhair sé léi faoi na scrúduithe agus dúirt nach raibh sé ag súil le torthaí maithe. Rinne Caitlín gáire. 'Ní chreidim focal de!' ar sise. 'Nach bhfuil tusa ar an mac léinn is fearr i do scoil. Cé mhéad grád A a ghnóthaigh tú i scrúdú an Teastais Shóisearaigh? Seacht gcinn? Ocht gcinn?'

D'fhéach Ruairí idir an dá shúil uirthi i mbreac-dhorchadas na maidne fuaire.

'A leithéid de chaint uaitse!' ar seisean, go searbhasach. 'Tá a fhios ag an saol mór go gcaitheann tusa gach nóiméad dá bhfuil le fáil agat ó Dhia na Glóire ag gabháil don staidéar! Ní féidir leatsa tada a chur i mo leith i dtaobh an staidéir, a chailín.'

Chiúnaigh Caitlín.

Nuair a thuig Ruairí go raibh sé beagáinín borb léi, tháinig aiféala air. Cé go raibh cailín dá chuid féin aige, ba mhinic é ag smaoineamh ar Chaitlín. Cailín an-dathúil go deo ba ea í. B'annamh a théadh sí chuig an dioscó agus b'annamh a d'fheiceadh sé í i gclub na n-óg sa sráidbhaile oícheanta Sathairn. Bhí a fhios aige go raibh fadhb óil ag a máthair is go raibh ar Chaitlín obair an tí ar fad a dhéanamh tar éis na scoile agus ag an deireadh seachtaine. Anuas air sin bhí sí an-tugtha do na leabhair agus don staidéar agus í chun tosaigh ar gach éinne eile sa rang.

Mhothaigh Caitlín ciontach freisin. Buachaill breá macánta ba ea Ruairí. Ghéill sí go raibh sí i ngrá leis go rúnmhar. Ba mhinic í ag smaoineamh air sara dtitfeadh an codladh uirthi istoíche. Bhí a chroí ar fad sa spórt, go háirithe sa pheil Ghaelach. Níor ól sé nár níor chaith sé agus ní raibh aon chairde aige, de réir mar a thuig sí. Duine aonarach é a chuaigh ar a bhealach féin tríd an saol.

Cosúil léi féin.

Bhí an bheirt acu an-chosúil lena chéile ar mhórán bealaí. Bhí an bheirt acu ag iarraidh dul chun cinn a dhéanamh sa saol agus dul ar aghaidh go dtí an ollscoil. Sin an fáth a raibh an bheirt acu ag stad an bhus ar a leath i ndiaidh sé ar an maidin fhuar ghaofar earraigh sin nuair a bhí gach éinne eile ina sámhchodladh sa leaba.

Bhí an bheirt acu faoi bhrú. Bhí an bheirt acu i ndeireadh na feide ag an mochéirí, ag an staidéar agus ag an obair bhaile. Gach maidin chaithidís uair go leith ag staidéar sa seomra ranga roimh thús an lae scoile.

Cheistigh Caitlín í féin. An raibh sé seo nádúrtha? An raibh aon chiall leis? Nach raibh an bheirt acu ró-óg don síor-bhrú leanúnach, tuirsiúil seo?

Ansin rinne Caitlín rud nach ndearna sí riamh cheana is nach ndéanfadh sí go brách arís.

Dhruid sí ní ba ghaire do Ruairí agus neadaigh isteach leis. D'ardaigh sí a haghaidh agus d'fhéach sí sna súile air. D'ísligh Ruairí a cheann agus phóg í go ceanúil.

Lean siad ag pógadh a chéile agus iad beag beann ar an mbus a chuaigh tharstu faoi luas ard i mbreacdhorchadas na maidne fuaire earraigh.

Nuair a Bhíonn an Cat Amuigh Bíonn na Lucha ag Rince

Bhí gliondar ar Neansaí Nic Aonghusa. Ní bheadh sí ina staicín áiféise os comhair an tsaoil a thuilleadh. Den chéad uair ina saol bhí a tuismitheoirí sásta cead a cinn a thabhairt di. Go dtí seo ní fhéadfadh sí cuireadh a thabhairt dá cairde teacht go dtí a teach le haghaidh cóisire. Bhíodh náire an domhain uirthi dul go dtí a dtithe agus fios maith aici nach bhféadfadh sí an comhar a aisíoc leo. Ach anois bheadh ar a cumas é sin a dhéanamh. A tuismitheoirí agus a deartháir óg, Ciarán, imithe go Corcaigh don deireadh seachtaine. Ciarán ag glacadh páirte i bhféile iománaíochta thíos ansin. Leisce ar a máthair Neansaí a fhágáil ina haonar don deireadh seachtaine.

'Cé eile a thabharfaidh aire do Spota muna ndéanfaidh Neansaí é?' arsa a hathair. 'Tar éis an tsaoil, tá sí ocht mbliana déag d'aois, agus nach bhfuil neart obair bhaile le déanamh aici? Agus beimid thar n-ais oíche Dé Domhnaigh.'

Lig Neansaí liú áthais. Bhí an chóisir eagraithe aici d'oíche Shathairn agus na cuirí tugtha amach aici dá cairde go léir agus dá mba rud é nach dtabharfadh a tuismitheoirí cead di fanacht ina haonar, bheadh an phraiseach ar fud na mias ar fad. Ní túisce carr a tuismitheoirí imithe as radharc an tí ar a bhealach go Corcaigh ná go raibh Neansaí ag téacsáil a cairde agus ag eagrú cúrsaí bia agus dí. Rachadh sí féin, Simon agus Pamela go dtí an siopa eischeadúnais tráthnóna Dé Sathairn chun vodca, ceirtlis agus neart buideál agus cannaí beorach a cheannach. Rachadh Áine, Pól agus Aoife go dtí an t-ollmhargadh le haghaidh na n-ispíní, na mburgar agus na mbrioscán prátaí. Chuirfeadh sí féin glao ar an mbéilín amach Síneach le haghaidh aon sólaistí deasa blasta eile a theastódh.

Tháinig na sluaite. Ní raibh Neansaí ag súil le mórán níos mó ná fiche duine ach caithfidh gur tháinig breis agus céad.

Bhí chuile rud ceart go leor ar dtús. Bhí cóisir iontach ag Neansaí agus bhain gach éinne taitneamh aisti. Thaitin an bia leo. Thaitin an ceol leo. Thaitin an comhluadar leo. Ach thar aon rud eile thaitin na deochanna leo. D'ól siad agus d'ól siad agus d'ól siad. Thug daoine áirithe drugaí leo agus thóg siad na drugaí sin. Thosaigh Neansaí ag éirí an-imníoch ar fad. Bhí cuid de na daoine caoch ar meisce. An rud ba mheasa ar fad ná nach raibh aithne ar bith aici ar an gcuid ba mhó díobh.

Rinne sí iarracht an ruaig a chur orthu ach bhí sé fuar aici. Thug gach éinne an chluas bhodhar di. Lorg sí cabhair óna cairde ach bhí an chuid ba mhó díobh siúd ar meisce freisin. Briseadh scáileán an teilifíseáin mhóir phlasmaigh sa seomra suite. Dhoirt duine éigin fíon dearg ar an tolg agus d'oscail duine éigin eile an cúldoras agus ligeadh Spota amach. Bhí Neansaí ite le himní, ní nach ionadh.

Ansin gan choinne thosaigh troid sa seomra bia. Briseadh gloiní ach níos measa fós rinneadh smidiríní den chaibinéad gloine sa chúinne. Thosaigh Neansaí ag screadadh agus ag béiceadh agus ba bheag nár thit sí i laige nuair a chonaic sí a comharsa béal dorais, Bean Uí Dhubhda, ina seasamh ag an doras agus cuma an-chrosta go deo ar a haghaidh.

'Táim tar éis fios a chur ar na Gardaí anois díreach. Beidh siad anseo i gceann nóiméid nó dhó. Cheap mé go mbeadh níos mó céille agatsa, a chailín. Beidh do thuismitheoirí le ceangal nuair a thiocfaidh siad abhaile. Ó, agus dála an scéil, fuair mé Spota bocht amuigh ar thaobh na sráide agus chuir mé isteach sa chúlghairdín é.'

Tháinig na Gardaí. D'imigh chuile dhuine eile abhaile. Fágadh Neansaí ina haonar agus an teach ina smionagar timpeall uirthi. Cuireadh fios ar a tuismitheoirí agus bhí orthu teacht abhaile an mhaidin dár gcionn. Nuair a chonaic siad an bhail a bhí ar an teach, bhí siad go mór trína chéile. Bhí a hathair go háirithe an-mhíshásta ar fad, mar murach é ní bheadh sí fágtha ina haonar sa bhaile ar an gcéad dul síos.

'Bhí muinín agam asat, a Neansaí,' ar seisean léi. 'Cheap mé nach ndéanfaí oinseach díot féin mar atá déanta agat. Cheap mé go raibh níos mó céille agat ach bhí dul amú orm, a chailín. Bhí an ceart ag do mháthair. Ní raibh an iontaoibh chéanna aici asat is a bhí agamsa.'

Ach nuair a tháinig Dé Luain bhí síocháin sa teach arís. Thuig Neansaí go ndearna sí botún agus mhaith a tuismitheoirí di é. Thuig siad go raibh a ceacht foghlamtha aici agus nach dtarlódh a leithéid arís. Ach fágadh an focal deireanach ag Bean Uí Dhubhda. Bhí sí ag plé an scéil lena fear céile sa bhaile agus chuir sí an clabhsúr ar an gcomhrá leis na focail seo: 'Nuair a bhíonn an cat amuigh bíonn na lucha ag rince! Agus a leithéid de rince is a bhí acu ní fhaca éinne riamh!'

Bíonn Dhá Cheann ar an Magadh

Bhí gach aon duine cráite ag Liam de Faoite. Agus é ina ghasur óg ag fás aníos i dtuaisceart Bhaile Átha Cliath, bhíodh sé de shíor ag pleidhcíocht. Níor fhág sé doras gan cnagadh air. Níor fhág sé cloigín gan é a bhualadh. Ní raibh fuinneog sa chomharsanacht nár bhris sé le cloch nó le liathróid ag am éigin le linn a óige. Bhí an donas ar fad air mar ghasúr. Ní raibh aon teorainn leis maidir le geáitsíocht, dánacht agus drochbhéasa. Bhí gach aon duine ina cheantar dúchais bréan de.

Maidir lena mhúinteoirí! Bhí siad siúd bréan ar fad de. Bhíodh sé i dtrioblóid gach lá den tseachtain. Ní bhíodh meas madra aige orthu. Dhéanadh sé a dhícheall cur isteach orthu ar gach uile bhealach.

Cuireadh ar fionraí faoi thrí é agus é sa chéad bhliain.

Bhí go maith is ní raibh go holc.

Rinne Liam an Teastas Sóisearach ach ní bhfuair sé an toradh a bhí uaidh. Theip air i ngach ábhar cé is móite den Ghaeilge agus den mhata. Tar éis an Teastais Shóisearaigh, chuaigh sé isteach san Idirbhliain. Thaitin an Idirbhliain go mór leis. Ag féachaint ar fhíseáin, ag seinm ceoil ar an ngiotár, ag dul go dtí an phictiúrlann, ag dul ar thurais scoile, ag glacadh páirte i ndíospóireachtaí scoile – bhí sé ar mhuin na muice ar fad le linn na hIdirbhliana.

Ach nuair a d'fhill sé ar chúrsa na hArd-teistiméireachta an bhliain dár gcionn, d'fhill sé ar an bpleidhcíocht freisin. Arís bhíodh gach aon duine cráite aige. Ach ní bhíodh sé ag pleidhcíocht sa bhaile. Dhéanadh sé cúram den obair bhaile agus chaitheadh sé uaireanta fada ag staidéar ina sheomra. D'fhaigheadh a thuismitheoirí nótaí i dtaobh a dhrochiompair ar scoil ach bhí a thuairiscí scoile ar fheabhas.

Bhíodh sé i gcónaí ag cur isteach ar dhaltaí eile a bhí in aon rang leis. Ní fhéadfaidís siúd faic a dhéanamh toisc go raibh de Faoite ag déanamh cíor thuathail den rang.

Bhí príomhoide na scoile den tuairim gur d'aon ghnó a bhí de Faoite ag cur isteach ar gach aon duine eile. Bhí sé ag iarraidh aird a tharraingt air féin, mheas sé. Theastaigh uaidh a bheith i lár an stáitse.

Shleamhnaigh na seachtainí agus na míonna thart. D'éirigh go hiontach le Liam de Faoite sna triail-scrúduithe um Cháisc. Ach tar éis na Cásca lean sé air ag cur isteach ar obair an ranga.

Rinne an príomhoide cinneadh é a chur ar fionraí go dtí deireadh na scoilbhliana. Bhí gach aon duine éirithe bréan de Liam de Faoite um an dtaca seo. É féin agus a mhí-iompar páistiúil, tuirsiúil, gránna.

Maidin álainn i lár mhí Aibreáin, sheas an príomhoide ag doras na scoile agus litir ina lámh aige.

Bhí sé ag feitheamh le de Faoite agus bhí an litir ag fógairt go mbeadh Liam na Geáitsíochta curtha ar fionraí go ham na hArdteistiméireachta, tús mhí an Mheithimh. Ach níor shroich Liam an scoil an mhaidin sin.

Ba é an rud a tharla ná go raibh sé ag déanamh amadáin de féin ag na soilse tráchta agus é ag ligean geáitsí air féin os comhair na gcailíní ón gclochar.

'Féachaigí,' ar seisean leo, agus iad bailithe i ngrúpa ar thaobh na sráide, réidh le trasnú, 'féachaigí ormsa agus mé ag rothaíocht gan lámha! Féachaigí ormsa!'

Ag an nóiméad sin tháinig veain ar luas ard agus bhuail sé Liam. Leagadh den rothar é agus briseadh a dhá chos agus gortaíodh a dhroim. Tógadh go dtí an t-ospidéal é. Ní raibh ar a chumas an Ardteist a dhéanamh an samhradh sin.

Ná an samhradh ina dhiaidh sin.

Bhí an scór bliain slánaithe aige sula raibh deis aige an Ardteist a dhéanamh. Faoin am seo ba ógánach ciúin, socair, sibhialta é agus é mar nós aige gan cur isteach ar aon duine. Déarfadh daoine áirithe go raibh ciall cheannaithe faighte aige. Déarfadh daoine eile gurbh amhlaidh go raibh dhá cheann ar an magadh.

Cothrom na Féinne

Dhearc Máire amach an fhuinneog. Bhí sé ag cur fearthainne amuigh. Bheadh sí báite go craiceann ag siúl abhaile ón scoil. Bheadh uirthi obair an tí go léir a dhéanamh ansin, agus an dinnéar a ullmhú dá tuismitheoirí agus dá dearthair, Colm. Ina dhiaidh sin bheadh uirthi luí isteach ar an obair bhaile. Chroith sí a ceann go dólásach. Bhí sí ag éirí tuirseach den rud ar fad. Ní raibh faoiseamh ar bith le fáil aici ón tsíor-obair seo.

Bhuail an cloigín. Abhaile le Máire go beo agus an bháisteach ag stealladh anuas uirthi. Nuair a shroich sí a háit chónaithe lasmuigh den bhaile mór, d'athraigh sí a cuid éadaí fliucha go sciobtha agus seo léi ag cóiriú leapacha agus ag réiteach na háite ar a dícheall. Ghlan sí gréithre an bhricfeasta ansin agus thosaigh ag ullmhú an dinnéir.

Bhí sí nach mór críochnaithe nuair a chuala sí carr a tuismitheoirí amuigh sa chlós. Bhí sé ag druidim lena sé a chlog um an dtaca seo agus bhí Máire spíonta amach ón obair chrua.

Tháinig a tuismitheoirí agus Colm isteach an doras. Ba ghnách le Colm peil Ghaelach a imirt ar scoil tar éis scoile agus bhailíodh Mam agus Daid ansin é ar a mbealach abhaile ón oifig sa bhaile mór.

Bhí an dinnéar ullamh ag Máire. Shuigh an ceathrar acu síos agus d'ith siad an dinnéar. Tar éis dinnéir bhí ar Dhaid freastal ar chruinniú sa bhaile mór agus seo le Colm ina dhiaidh.

'Tá díospóireacht ar siúl i halla na scoile anocht,' ar seisean, 'agus tá buachaillí ó mo rangsa ag glacadh páirte ann. Dúirt mé leo go mbuailfinn leo ag a seacht a chlog.' D'imigh Colm agus a Dhaid.

Fuair Mam glao teileafóin óna cara Rita. 'Caithfidh mé bualadh le Rita ar feadh tamaill,' ar sise le Máire. D'imigh sí.

Fágadh glanadh na ngréithre ar fad faoi Mháire. Níor fhág sí an chistin an oíche sin go dtí leathuair tar éis a seacht agus í tuirseach, tnáite, traochta.

Bhí uirthi aghaidh a thabhairt ar an obair bhaile ansin. An oíche sin sa leaba, chaoin sí uisce a cinn. An mhaidin dár gcionn, ghlaoigh a máthair uirthi ag a seacht a chlog, mar ba ghnách. Freagra ní bhfuair sí. Ghlaoigh sí uirthi arís agus arís eile agus níor tharla tada. Isteach léi ina seomra. Ní raibh Máire ann. Bhuail scanradh an mháthair. Ghlaoigh sí ar Dhaid agus ar Cholm. Chuardaigh siad an teach ó bhun go barr ach ní raibh tásc ná tuairisc ar Mháire. Chuir siad fíos ar na Gardaí. N'fheadar éinne cá raibh sí imithe. Bhí a tuismitheoirí agus Colm trí chéile go mór.

An tráthnóna sin bhí siad sa seomra suite agus iad go mór trí chéile nuair a shiúil Máire an doras isteach. Baineadh siar astu go mór. D'fhiafraigh siad di cá raibh sí. 'Amuigh,' ar sise. D'fhéach sí timpeall uirthi. Bhí an áit go léir trína chéile, málaí agus cótaí caite i ngach áit. 'An bhfuil an dinnéar ullamh?' ar sise. 'Tá ocras orm!' D'fhéach siad ó dhuine go duine. Tháinig ceann faoi orthu. 'Táimse tuirseach den sclábhaíocht,' ar sise. 'Nach bhfuil sé in am do Cholm tréimhse a chaitheamh sa chistin?' Léim Colm ina sheasamh. Amach leis go dtí an chistin. Chuala Máire é ag útamáil le potaí agus pannaí amuigh.

'Ní thuigim . . .' arsa a Daid léi, 'ní thuigim cad tá ar siúl agat, a Mháire. Cad tá uait, in ainm Dé?'

D'fhéach Máire idir an dá shúil ar a máthair. Bhí sé róshoiléir gur thuig sí siúd go maith cad a bhí ag cur as do Mháire. Léim sí ina seasamh agus rug sí lombharróg ar a hiníon. 'Níl uaithi,' ar sise, go mall, stadach, 'ach Cothrom na Féinne sa teach seo, rud a gheobhaidh sí feasta, deirimise leat!'

Ar Mhuin na Muice

Buachaill leisciúil ba ea Antaine Mac Cába. Dá bpléascfadh buama taobh leis ní chorródh sé. Bhíodh sé i gcónaí déanach don scoil agus nuair a shroicheadh sé an áit chaitheadh sé an lá ar fad ag aislingeacht. Bhíodh a thuismitheoirí ar buile leis. Bhíodh a mhúinteoirí ar buile leis. Bhíodh gach éinne ar buile leis.

Ach ba chuma le hAntaine. I ngan fhios do gach éinne bhí plean aige. Plean iontach! Thart timpeall air sa seomra ranga bhí na daltaí eile á marú féin ag obair. Bhíodh Antaine leis féin sa chúinne agus é leath ina chodladh. Ar nós an chait. Súil amháin dúnta agus an tsúil eile ar oscailt.

Thosaigh Antaine ag aislingeacht. Sna haislingí seo ba ghnách leis ligean air go raibh sé i scéal béaloidis. Sa scéal áirithe seo bheadh triúr deartháireacha i gceist – beirt gharsún cliste agus amadán críochnaithe. Ligeadh Antaine air i gcónaí gurb eisean an t-amadán. An triúr acu i ngrá leis an gcailín álainn céanna, iníon an rí. Bheadh an rí an-tógtha leis an mbeirt eile, ar ndóigh. A iníon ag tathant air seans a thabhairt don amadán, Antaine, agus an rí ar buile.

Bheadh ar an triúr acu gníomh gaile agus gaisce a

dhéanamh. Thabharfadh sé a iníon agus leath a ríochta don duine a dhéanfadh an gaisce ba mhó.

Ar ndóigh, dhéanfadh an bheirt chuile iarracht an taisce a aimsiú agus an fathach a mharú ach theipfeadh orthu. Bheadh an lá ag an amadán (trí thimpiste cinnte ach nach cuma!) agus thabharfadh an rí a iníon agus leath a ríochta dó agus mhairfidís go léir go sona sásta i dteannta a chéile go lá a mbáis . . .

Lig an múinteoir eolaíochta béic as. 'Dúisigh, Mac Cába, nó is duit is measa! Cad chuige nár thug tú do leaba isteach go dtí an seomra ranga leat!'

Múinteoirí! Bheifeá cráite acu! Antaine bocht! Bhí air suí suas agus a aire a dhíriú ar an leabhar eolaíochta don chuid eile den rang.

Nuair a bhí an rang eolaíochta thart, bhí an lá scoile thart. Tráthnóna Dé hAoine eile! Ba bhreá le hAntaine tráthnónta Dé hAoine. Dá mbeadh gach tráthnóna ina thráthnóna Dé hAoine bheadh Antaine ar mhuin na muice. Ar mhuin na muice, a dhuine! Abhaile leis. An deireadh seachtaine ag feitheamh leis. Ceol, teilifís, DVD nó dhó. Man. Utd v Arsenal. Cuairt ar an bpictiúrlann agus cuairt ar McDonalds ina dhiaidh. Dioscó? B'fhéidir, dá mbeadh de Faoite agus Ó Braonáin sásta dul ina theannta. Aisling Ní Néill in uimhir 22. B'in cailín duit, a mhac! Dá mbeadh sé de mhisneach aige cuireadh a thabhairt di dul ina theannta go dtí an phictiúrlann . . . nó an dioscó . . . nó McDonalds . . .

Nuair a shroich sé a theach bhí ocras air. D'ith sé a dhinnéar go sciobtha agus aníos an staighre leis go dtí a sheomra.

An plean! Bheadh air a aire a dhíriu ar an bplean iontach sin a bhí aige. Chuir sé an ríomhaire ar siúl. D'aimsigh sé an tIdirlíon . . . réamhaisnéis . . . réamhaisnéis na haimsire . . . ní hea, in aon chor, a dhuine, ach . . . réamhaisnéis a shaoil féin . . . é go léir aige ar scáileán an ríomhaire . . . an bhliain 2029 . . . an Teach Bán in Washington . . . an tUachtarán Antaine Mac Cába ag preasagallamh . . . a bhean chéile álainn Aisling ina seasamh taobh leis . . . iad ar mhuin na muice . . . ó, ar mhuin na muice, a dhuine!

Is Fearr an tImreas ná an tUaigneas

Ní fhéadfadh Eithne cur suas leis níos mó. Bhí sí ag dul as a meabhair. Ní stopfadh a tuismitheoirí ach ag gearán agus ag tabhairt amach. Ní fhéadfadh sí iad a shásamh.

Bhí Eithne i rang na hArdteistiméireachta ó thús na scoilbhliana, ach ní raibh suim dá laghad aici sa staidéar. Bhí a fhios aici go raibh sí tite siar go mór agus go raibh baol mór ann go dteipfeadh uirthi sa scrúdú ag deireadh a tréimhse scolaíochta. Ní dhearna sí dada le linn di a bheith sa chúigiú bliain. Níor oscail sí téacsleabhar ó thús deireadh na scoilbhliana. Ní fhéadfadh sí a haire a dhíriú ar na leabhair níos mó.

'Agus féach ort anois!' a deireadh a máthair léi agus cuma na feirge ar a haghaidh. 'Tusa a fuair sé ghrád A agus dhá ghrád B i scrúdú an Teastais Shóisearaigh! Cad atá tarlaithe duit ó shin? Deir an príomhoide go gcaithfidh tú an gnáthleibhéal a dhéanamh i ngach ábhar seachas an Fhraincis i scrúdú na hArd-teistiméireachta agus go bhfuil baol ann go gcaithfidh tú tabhairt faoin mbonnleibhéal sa mhata. Tá sé dochreidte, a Eithne, go bhféadfá titim siar mar sin. Beidh ort an scrúdú a dhéanamh arís an bhliain seo chugainn. Táimid chun tú a sheoladh go dtí scoil phríobháideach agus beidh ort éirí as do chuid geáitsíochta ansin, a chailín, deirimse leat!'

Nuair a shroich Eithne an baile ar an séú lá déag de mhí Feabhra ní raibh ceachtar dá tuismitheoirí sa bhaile roimpi. Bhí a fhios aici go raibh a deartháir, Pádraig, ag imirt peile le foireann na scoile an tráthnóna sin agus go mbeadh sé a seacht a chlog sula sroichfeadh sé an baile. Suas an staighre léi agus thóg sí anuas an mála taistil a bhí ar bharr an vardrúis aici. Chaith sí roinnt éadaí isteach ann mar aon le bróga, a mála smididh, a raidió beag agus mangaisíní éagsúla eile. D'oscail sí a sparán. Bhí trí chéad euro aici istigh ann. Síos an staighre léi go sciobtha agus amach an doras léi.

Thug sí aghaidh ar Bhaile Átha Cliath ar dtús. Fuair sí lóistín gar do lár na cathrach an chéad oíche. Nuair a thóg sí amach a fón póca an oíche sin roimh dhul a chodladh di bhí sé crochta go barr le glaonna caillte agus le téacsteachtaireachtaí. Mhúch sí an fón póca láithreach. Ní raibh sí chun géilleadh. Bhí a haigne déanta suas aici agus ní raibh sí chun teacht ar a mhalairt de thuairim. Ní fhéadfadh sí cur suas leis an mbrú agus leis an mbuairt níos mó. Níor chodail sí mórán an oíche sin, agus nuair a dhúisigh sí ar maidin mhothaigh sí an triomacht ina béal.

Chaith sí an lá sin ag spaisteoireacht ar fud na cathrach. An tráthnóna sin agus í ag breathnú ar an teilifís sa teach lóistín, chonaic sí a haghaidh féin ar an scáileán. Ba ar éigean a d'aithin sí í féin. Grianghraf a tógadh di agus í ceithre bliana déag d'aois a bhí ann. Mar sin féin, d'fhág sí an seomra agus chaith sí an chuid eile den oíche ag gol ina seomra codlata.

D'imigh na laethanta go mall agus nuair a bhí seachtain curtha isteach aici sa chathair, ní raibh pingin rua fágtha aici. Bheadh uirthi post a fháil. Chaith sí dhá lá ag siúl na sráideanna ag lorg poist ach ní raibh an t-ádh léi. Cuireadh amach as an lóistín í agus bhí uirthi an oíche a chaitheamh ar thaobh na sráide. I lár na hoíche dúisíodh í agus bhí beirt fhear ina seasamh in aice léi ag féachaint uirthi go drúisiúil – agus an chosúlacht orthu go raibh siad ólta. D'éirigh sí agus theith sí ar son a hanama as an áit agus chaith sí an chuid eile den oíche ag siúl na sráideanna agus a croí ina béal aici.

An mhaidin ina dhiaidh sin, chuir sí an fón póca ar siúl. Dhialaigh sí uimhir an tí sa bhaile. A hathair a d'fhreagair an guthán. Bhí ríméad air nuair a chuala sé gurbh í Eithne a bhí ann. 'Fan mar a bhfuil tú!' ar seisean léi, 'baileoimid láithreach thú.'

An oíche sin agus í ina luí go socair ina leaba chompordach féin, thuig Eithne go raibh an ceart ar fad ag a tuismitheoirí. Bhí a síocháin déanta aici leo agus bhí rún daingean déanta aici nach ndéanfadh sí aon rud amaideach mar sin arís. Agus í ag titim ina codladh, ar sise léi féin, is fearr an t-imreas ná an t-uaigneas.

Dóchas

'Tá súil agam go dtiocfaidh . . . táim dóchasach . . .'

Dóchas. Focal deas é dóchas. Focal binn. Focal álainn.
Ar an mbealach abhaile ón ospidéal, níor labhair duine
ar bith againn. Bhí ciúnas iomlán sa charr. Thóg sé
uair an chloig orainn an t-aistear a dhéanamh. Nuair a
shroicheamar an baile faoi dheireadh, bhí tuirse an
domhain orainn. Agus ocras. Chuir Mam glaoch ar an
gcaife Síneach agus d'ordaigh sí bia don triúr againn.
Curaí sicín, rís agus sceallóga a bhí agamsa. Bhí mé
stiúgtha leis an ocras! Lomeasnacha agus curaí
mairteola a bhí ag mo dheartháir, Lorcán. Maidir le
Mam, ní raibh aici ach rís agus sceallóga mar nach
raibh an goile aici, dúirt sí.

Tar éis tamaill chuir mé ceist uirthi.

'Cé chomh dóchasach is atá sé, an gceapann tú?'

D'fhéach sí orm agus ionadh uirthi. Bhí sé soiléir
go raibh sí na mílte agus na mílte i gcéin.

'Atá cén duine, a Aisling?'

'An dochtúir, a Mham. Dúirt sé go raibh sé
dóchasach go dtiocfadh biseach ar Dhaid. Nach
cuimhin leat?'

Leag sí síos an scian agus an forc agus d'fhéach sí sna súile orm. Lean Lorcán air ag ithe a churaí mairteola gan focal as. Bhí seisean ní b'óige ná mise. Ní raibh sé ach trí bliana déag d'aois agus bhí mise seacht mbliana déag le trí mhí anuas.

'Is dochtúir maith é an Dochtúir de Barra, a Aisling. Má tá seisean dóchasach go dtiocfaidh feabhas ar do Dhaid, táim féin dóchasach mar an gcéanna. Níl dabht ar bith i m'aigne ach go bhfuil feabhas ag teacht air.'

Bhí lúcháir orm na focail sin a chloisteáil. Bhí eagla orm nach dtiocfadh Daid abhaile go deo arís. Tugadh go dtí an t-ospidéal é díreach tar éis na timpiste trí seachtaine roimhe sin.

In ainneoin gur tráthnóna breá grianmhar Bealtaine a bhí ann, thosaigh mé ag crith nuair a smaoinigh mé ar an timpiste uafásach a tharla dó. Is amhlaidh a bhí sé ag péinteáil bhinn an tí nuair a sciorr an dréimire agus thit sé ar chúl a chinn ar an gcosán crua. Tháinig an t-otharcharr agus tugadh chuig an ospidéal é. Bhí sé gan aithne gan urlabhra ar feadh seachtaine agus é idir bás agus beatha. Ag deireadh na seachtaine sin, dhúisigh sé agus thosaigh sé ag teacht chuige féin.

Le lá anuas bhí sé i bhfad ní ba ghealgháirí agus bhí meangadh gáire ar a aghaidh. Dúirt an dochtúir nach raibh a dhroim briste, ach gur bhris sé cos agus lámh agus go mbeadh sé i gcaothaoir rotha go ceann bliana nó mar sin. Ba chuma faoi sin dá dtiocfadh a chumas cainte ar ais chuige. Dá bhféadfadh sé labhairt, ní bheadh a bhac air, a dúirt an dochtúir. Bhí sé cinnte nach raibh dochar ar bith déanta dá inchinn mar nár bhuail a cheann an cosán.

Nuair a bhí an bia ite againn, chuir Lorcán an teilifíseán ar siúl. Lig sé béic as nuair a fuair sé amach go raibh buaite ag Arsenal ar Manchester United. Díreach ag an nóiméad sin, bhuail an guthán amuigh sa halla. D'fhreagair Mam é. Lig sí béic aisti a chloisfeá na mílte ó bhaile!

Baineadh geit uafásach asam. Cad a bhí cearr? An raibh Daid tar éis bás a fháil? Reoigh an fhuil i mo chuislí agus ba bheag nár thit mé i laige. Ach ansin chuala mé í ag gáire in ard a cinn is a gutha. Sméid sí ar an mbeirt againn teacht go dtí an guthán.

'Is é Daid atá ann!' ar sise agus sceitimíní áthais uirthi.

'Teastaíonn uaidh labhairt libh. Tusa ar dtús, a Aisling, mar gur tusa is sine! Tá sé ina shuí suas sa leaba agus tá sruth cainte leis. Deir sé go bhfuil sé chomh maith agus a bhí sé riamh. N'fheadar faoi sin ach seo duit, a Aisling. Ná caith an oíche ag caint leis. Tabhair seans do Lorcán bocht . . .'

MOL AN ÓIGE

Bhí ag éirí go han-mhaith le Caitríona de Paor sa tríú bliain ar scoil. Bhí sí chun tosaigh ar na cailíní eile a bhí sa rang céanna léi. A lámh sáite suas san aer an t-am go léir aici, geall leis. A hobair bhaile déanta agus déanta go maith aici i gcónaí. Cailín ciúin, coinsiasach, béasach, gealgháireach. Cailín a ghlac páirt i gcúrsaí spóirt agus a bhí ina captaen ar fhoireann haca na scoile.

D'éirigh thar barr léi i scrúduithe an Teastais Shóisearaigh. Fuair sí sé cinn de ghrádanna A, grád B sa stair, grád C san eacnamaíocht bhaile agus grád D sa cheol. B'fhuath léi an ceol mar ábhar scoile cé go gcaithfeadh sí a cuid ama go léir ag éisteacht le popcheol ar an raidió. Deirimse leat go raibh sí sásta go maith ag dul abhaile ón scoil le torthaí na scrúduithe.

Bhí a tuismitheoirí thar a bheith sásta léi freisin. 'Maith thú, a Chaitríona!' a dúirt siad léi. Chuaigh siad go léir amach i gcomhair béile an oíche sin go hóstán galánta sa chathair. Bhí béile iontach acu. Nuair a bhí an béile thart, labhair a máthair léi.

'Conas a d'éirigh le Síle Nic an Bhaird agus le Clíona de Faoite, a Chaitríona?'

Ba iad siúd an bheirt ab fhearr sa rang. 'Fuair Síle

seacht gcinn de ghrádanna A agus dhá ghrád B. Ní bhfuair Clíona ach cúig cinn de ghrádanna A, grád B amháin agus trí ghrád C.'

'Conas nár éirigh leatsa grádanna níos fearr a fháil sa stair, san eacnamaíocht bhaile agus sa cheol? Cad a fuair tú sa cheol? Grád D, an ea? Conas nach bhfuair tú grád níos airde sa cheol, a Chaitríona? Tar éis an tsaoil, nach raibh tú ag freastal ar ranganna breise sa cheol gach maidin Shathairn le dhá bhliain anuas. Ranganna costasacha, má deirim féin é!'

Dheargaigh Caitríona go bun na gcluas. Cad a bhí á rá ag a máthair? Bhraith sí go raibh géire ina guth nach raibh ann cheana. 'Níl sé i gceist agam leanúint ar aghaidh leis an gceol mar ábhar don Ardteist, a Mham. Mar sin, ní fheicimse . . .'

'. . . nach bhfeiceann anois! Tar éis dúinn na céadta euro a chaitheamh ar na ranganna ceoil sin! Anois tá tú ag rá liom go bhfuil tú chun éirí as an gceol ar fad?'

'Tóg bog é, in ainm Dé!' arsa a hathair. 'Nach bhfuair sí toradh iontach. Ní hé seo an t-am . . .'

'. . . tá a fhios agam é sin. Ní raibh mé ach ag rá léi go bhfuil díomá orm nach mbeidh sí ag déanamh an cheoil a thuilleadh. Tá brón orm, a Chaitríona, a chailín. Anois, cá bhfuil an biachlár go bhfeicimid cad iad na milseoga atá ar fáil.'

Ón oíche sin amach, tháinig athrú ar Chaitríona. Bhí síol an amhrais curtha ag a máthair ina haigne. B'fhéidir nach raibh sí leath chomh maith is a bhí daoine á rá is mar a cheap sí féin? Cad is fiú sé cinn de ghrádanna A i scrúduithe an Teastais Shóisearaigh?

Tar éis an tsaoil nach bhfuair cailín i gCeatharlach dhá cheann déag de ghrádanna A agus grád B ina dteannta.

Chaill Caitríona an tsuim a bhíodh aici sna leabhair agus sa staidéar. Thuisligh sí tríd an gcúigiú bliain agus tríd an séú bliain. Bhí ionadh an domhain ar a múinteoirí agus, ar ndóigh, ar a tuismitheoirí. Cad a bhí tarlaithe di? Cá raibh an dalta ciallmhar, coinsiasach, dícheallach imithe? Ina háit bhí cailín dúr, míchúramach, leisciúil nár léirigh puinn suime sna hábhair a bhí idir lámha aici.

I scrúduithe na hArdteistiméireachta, ghnóthaigh sí cúig cinn de ghrádanna D. Theip uirthi sa mhata agus sa Fhraincis. Fuair sí post mar fháilteoir in óstán beag i mBaile Átha Cliath go luath tar éis na scrúduithe. Phós sí ceoltóir as an racghrúpa Amber in aois a naoi mbliana déag di.

Chas a máthair ar phríomhoide Chaitríona lá sa lárionad siopadóireachta. 'Conas atá Caitríona na laethanta seo?' a d'fhiafraigh sí di.

'Tá sí ceart go leor,' a d'fhreagair an mháthair os íseal agus ceann faoi uirthi.

'Bhí an-mhianach sa chailín sin,' arsa an príomhoide.

'Pé rud a tharla di,' arsa an mháthair go maolchluasach.

'Bhí rud éigin ag teastáil uaithi, dar liomsa. Bhí rud éigin de dhíth uirthi, táim cinnte de sin,' arsa an príomhoide.

'Cén rud atá i gceist agat?' arsa an mháthair.

'Moladh atá i gceist agam. Bhí féinmhuinín de

dhíth uirthi. Mar a deir an seanfhocal, "Mol an óige agus tiocfaidh sí." Is fíor don seanfhocal freisin,' arsa an príomhoide go neamhbhalbh agus í ag imeacht léi.

FILLEANN AN FEALL AR AN bHFEALLAIRE

Ag a ceathair a chlog tráthnóna Dé hAoine bhí fuaim an chloigín le cloisteáil go soiléir i seomraí Scoil Naomh Uinsionn. Bhí na buachaillí go léir go deifreach ag bailiú a gcuid leabhar is a gcuid giuirléidí le chéile. Laistigh de dheich nóiméad ní raibh duine ná deoraí le feiceáil sa scoil. Bhí siad go léir bailithe leo abhaile don deireadh seachtaine.

Ag a ceathrú tar éis a ceathair osclaíodh doras i gceann de leithris na mbuachaillí, chuir duine a cheann amach is d'fhéach mórthimpeall air go faiteach. Nuair nach bhfaca sé aon duine ann, shiúil sé amach as an leithreas agus rinne a bhealach i dtreo an phríomhdhorais go mall. Buachaill trí bliana déag d'aois a bhí ann, gan chuma róshláintiúil air. Bhí an doras nach mór sroichte aige nuair a chuala sé guth laistiar de.

'Cá bhfuil tusa ag dul?'

Stop an buachaill go tobann agus d'fhéach sé timpeall. An Máistir Ó Tuama, a mhúinteoir Gaeilge, a bhí ann.

'Bhí . . . bhí orm . . . dul . . . go dtí an leithreas,' a d'fhreagair an buachaill go mall, stadach.

'Maith go leor, a Thomáis,' arsa an Máistir Ó Tuama, 'ach bí ag bailiú leat anois nó beidh imní ar do mháthair fút.'

D'imigh Tomás leis gan focal eile a rá.

Níor thuig an Máistir Ó Tuama cén fáth a raibh leisce ar Thomás dul abhaile. Níor thuig sé go raibh triúr as a rang féin ag fanacht leis ar a bhealach abhaile. Bhíodar ag fanacht leis, ní ar mhaithe leis ach chun é a ionsaí. Gach tráthnóna ó thosaigh an téarma scoile bhídís ag fanacht ar an mbóthar roimhe, ag magadh faoi, ag bagairt air, á bhualadh fiú ó am go chéile is ag scaipeadh a chuid leabhar ar fud na háite.

Buachaill beag ba ea Tomás, gan é bheith toirtiúil ná láidir. Mar sin féin, leaidín deas gealgháireach a bhí ann. A bhí ann, sea. Tráth dá raibh. Ach níor leaidín deas gealgháireach níos mó é. Bhí sé éirithe cúthaileach, neirbhíseach, faiteach ó thosaigh an triúr buachaillí eile ag cur isteach air. Ní raibh ar a chumas codladh san oíche, fiú. Tugadh go dtí an dochtúir é, ach ní raibh sé siúd ábalta aon rud a dhéanamh dó.

Bhí sé amuigh ar an tsráid um an dtaca seo. Thosaigh sé ag smaoineamh ar an triúr buachaillí, Pól Ó Néill, Seán de Faoite agus Liam Mac Ambróis. I ndáiríre, ba fhíorannamh nach rabhadar siúd ina chuid smaointe. Bhí a n-aghaidh scríofa go doscriosta ar a aigne, go háirithe aghaidh Sheáin de Faoite. Ba é an Faoiteach an ceannaire. Ba é siúd a spreagadh an bheirt eile chun mioscaise. Bulaí críochnaithe ba ea an Faoiteach. Phioc sé ar Thomás mar bhí a fhios aige go raibh Tomás lag, goilliúnach. Ach an rud ba ghreannmhaire ar fad ná nach raibh fuath ina chroí ag Tomás do Sheán. Uaireanta, deireadh sé leis féin go mbeadh sé níos fearr as dá bhféadfadh sé gráin shíoraí a chothú ina chroí dó. Dá bhféadfadh sé seasamh suas ina choinne, b'fhéidir go bhfaigheadh Seán an teachtaireacht is go staonfadh sé ó bheith ag cur isteach air.

Bhí Tomás tagtha chomh fada leis na soilse tráchta anois. B'fhéidir go mbeadh ar a chumas a bhealach a dhéanamh abhaile go slán sábháilte an babhta seo. B'fhéidir go raibh Seán is a chairde bailithe leo go háit éigin eile. De ghnáth is ag na soilse tráchta seo a bhídís ag feitheamh leis. Thrasnaigh Tomás an bóthar ag na soilse tráchta agus chas sé ar clé. Chuaigh sé isteach i siopa beag milseán agus cheannaigh barra seacláide dó féin. Nuair a tháinig sé amach as an siopa bhí aoibh an áthais ar a aghaidh. Bhí sé ar nós chuile bhuachaill scoile eile.

Ní raibh sé imithe rófhada nuair a chuala sé an guth damanta taobh thiar de a reoigh a chuid fola.

'Cad a cheannaigh tú dúinn, a Thomáisín?'

Seán a bhí ann agus a bheirt chomhrádaithe. Thit ceann Thomáis ar a ucht le lagmhisneach. An dtiocfadh deireadh leis an tromluí seo choíche? An mbeadh air an pionós seo a fhulaingt go lá a bháis? Tháinig an guth arís, níos treise an babhta seo: 'An gcloiseann tú mé, a bhuachaill, nó an amhlaidh atá tú éirithe bodhar i dteannta gach rud eile?'

D'ardaigh Tomás a cheann.

'Nílim bodhar!' ar seisean. Bhí Seán agus a chairde tagtha suas chomh fada leis.

'Cad a dúirt tú?' a d'fhiafraigh Seán de. 'Nach bhfuil a fhios agat nach bhfuil cead agat mé a fhreagairt ar ais?'

'Níl a fhios agam,' arsa Tomás go ceanndána, ag fáil misnigh i ngan fhios dó féin.

'Bhuel, bíodh a fhios agat,' a d'fhreagair an bulaí agus leis sin thug sé cic sa chos do Thomás.

'Ná déan é sin arís nó is duit is measa!' arsa Tomás trína chuid fiacla. Anois nó riamh. Bhain sé sin preab as Seán. Ní raibh sé ag súil leis seo. Bheadh air a údarás a chur i bhfeidhm ar an mbuachaill seo.

'An gcloiseann sibh Wonderboy?' ar seisean lena chairde, is scairt an triúr acu amach ag gáire. 'Anois, tabhair dúinn an barra seacláide sin,' arsa Seán leis.

'Ní thabharfaidh mé,' arsa Tomás. Theip ar fhoighne Sheáin.

'Tabhair domsa é nó caithfidh mé do mhála scoile amach i lár na sráide,' ar seisean go feargach. Chonaic Tomás bearna bheag sa trácht trom a bhí ag dul thar bhráid. Thug sé ruathar millteanach ón gcosán díreach trasna an bhóthair. Ní raibh an cosán ar an taobh thall den bhóthar ach díreach sroichte aige nuair a chuala sé dioscán na gcoscán agus scread ard imeaglach.

Stop Tomás mar a raibh sé agus d'fhéach sé timpeall. Bhí Seán sínte i lár an bhóthair agus fuil ag sileadh óna cheann. Bhí tiománaí an ghluaisteáin seasta in aice leis agus é ag croitheadh a chinn:

'Ní fhaca . . . mé . . . ag teacht é . . . go dtí . . . go raibh sé . . . buailte agam . . . ní fhéadfainn é . . . a sheachaint . . .'

Thug Tomás faoi deara nach raibh tásc ná tuairisc

na beirte eile le fáil. Bhíodar bailithe leo, na cladhairí suaracha gan chiall.

Chonaic Tomás Garda ag teacht ar an láthair. Bhrúigh sé tríd an slua beag a bhí bailithe um an dtaca seo.

'Druidigí siar! Druidigí siar,' ar seisean agus chrom sé os cionn an bhuachalla.

'An bhfuil a fhios ag aon duine cé hé an buachaill seo?' a d'fhiafraigh sé den slua.

Ní bhfuair sé freagra ó aon duine. Shiúil Tomás trasna chuige.

'Tá aithne agamsa air,' ar seisean. 'Seán de Faoite is ainm dó, is téann sé ar scoil go Scoil Naomh Uinsionn. Tá sé sa rang céanna liom féin.'

Chonaic sé go raibh Seán, a bhí gan aithne gan urlabhra roimhe sin, ag teacht chuige féin go mall. Bhí linn bheag fola in aice leis ar an talamh.

'An cara leatsa é?' a d'fhiafraigh an Garda de Thomás.

Bhain an cheist preab as Tomás. Chuir sé meascán mearaí air. Ansin gan choinne dúirt sé: 'Sea, is cara liomsa é.'

Bhí sé soiléir gur chuala an buachaill gortaithe ar an talamh freagra Thomáis. D'fhéach sé idir an dá shúil ar Thomás gan focal a labhairt. Bhí aoibh an iontais ar a aghaidh. Chuala Tomás an t-otharcharr ag teacht tríd an trácht.

'Beidh ar an mbuachaill seo dul díreach go dtí an t-ospidéal,' arsa an Garda. 'An rachaidh tusa leis?' a d'fhiafraigh sé de Thomás. D'fhéach Tomás ar an mbuachaill gortaithe, a bhí ag gol go faíoch ar an talamh.

'Rachaidh mé, cinnte,' ar seisean. Chuir Seán a lámh amach agus rug sé ar lámh Thomáis.

'Tá brón orm,' ar seisean, 'bheith ag cur isteach ort agus bheith ag magadh fút. An maithfidh tú dom é?'

'Maithfidh mé, cinnte,' arsa Tomás. Tógadh sínteán as an otharcharr agus cuireadh Seán ina luí anuas air. Cuireadh isteach san otharcharr ansin é. Chuaigh Tomás ina theannta san otharcharr . . ..

Chaith Seán mí san ospidéal agus níor fhill sé ar scoil go dtí tar éis laethanta saoire na Nollag.

Ón lá sin go dtí an lá atá inniu ann níor chuir sé isteach ná amach ar Thomás. Le fírinne, d'fhás cairdeas eatarthu. Agus an rud ba thábhachtaí ar fad . . . níor bhulaí a thuilleadh é.

Ní Thig Leis an nGobadán
an Dá Thrá a Fhreastal

Bhí Caitríona de Fréine i rang na hArd-teistiméireachta i gClochar na Torbhirte. Cailín éirimiúil, cliste, dathúil ba ea í. Bhí sí ar intinn aici dul chun na hollscoile tar éis na hArdteistiméireachta agus cúrsa a dhéanamh san fhisiteiripe. Bhí gach aon duine, a tuismitheoirí agus a múinteoirí san áireamh, den tuairim go mbeadh ar a cumas an líon pointí – 520 – a bhí riachtanach le haghaidh an chúrsa seo a fháil gan stró ar bith. Tar éis an tsaoil nár éirigh léi seacht A a fháil i scrúdú an Teastais Shóisearaigh cheana féin? Chomh maith leis sin, d'éirigh go scoigh léi sa chúigiú bliain agus fuair sí na grádanna ab airde sa rang ag deireadh na scoilbhliana sin.

Ach tháinig athrú mór ar a saol le linn na laethanta saoire an samhradh sin. Chuaigh sí féin agus beirt chairde léi ar saoire go Corca Dhuibhne i gContae Chiarraí ar feadh seachtaine. Fad is a bhí sí ansin chuir sí aithne ar Antoine, mac léinn ollscoile as Corcaigh. Bhí Antoine ag obair in Óstán na Sceilge sa Daingean don samhradh. Thit Caitríona caoch i ngrá leis agus ag deireadh a tréimhse i gCorca Dhuibhne bhí sé soiléir do gach aon duine go raibh athrú mór tagtha uirthi. Bhí sí tagtha amach aisti féin, mar a deirtear. Ní raibh sí leath chomh dáiríre ná chomh buartha faoi chúrsaí an tsaoil.

Nuair a d'fhill sí ar an gclochar ag tús mhí Mheán Fómhair níorbh í an cailín céanna in aon chor í. Bhí sí gealgháireach, éadromchroíoch agus í ar nós cuma liom faoi chúrsaí scoile. Dhéanadh sí faillí go minic ina hobair bhaile agus ní bhíodh sí róbhuartha ach oiread faoin staidéar. Fuair sí post páirtaimseartha ag an deireadh seachtaine san ionad siopadóireachta i gcoinne thoil a tuismitheoirí. Thóg siad raic ach bhí Caitríona beag beann orthu.

Bhí sí fós i dteagmháil le hAntoine. Chuireadh sí glao air faoi dhó gach lá. Thagadh sé go Baile Átha Cliath gach re deireadh seachtaine agus théidís amach ag ól nó chuig an bpictiúrlann i dteannta a chéile.

Bhí go maith agus ní raibh go holc.

Bhí an tuairisc a fuair Caitríona ón scoil um Nollaig go hainnis ar fad. Ní bhfuair sí ach grádanna ísle i ngach ábhar agus theip uirthi sa Bhéarla agus sa Fhraincis.

Bhí a múinteoirí an-bhuartha fúithi ach bhí sé fuar acu. Cailín ceanndána a bhí inti agus ní fhéadfadh aon duine cur ina luí uirthi a haigne a athrú. Ná ní raibh sí sásta an scéal a phlé lena cairde ach an oiread.

Níor éirigh go maith léi sna bréagscrúduithe. Thuig sí féin faoin am seo nach mbeadh sí go deo ina fisiteiripeach agus go mbeadh an t-ádh dearg uirthi dá bhfaigheadh sí áit i gcoláiste tríú leibhéal ar bith. Bhí sí fós gafa lena post páirtaimseartha sa siopa bróg agus bhí sí fós caoch i ngrá le hAntoine chomh maith. Bhí ceann faoi agus díomá ar gach aon duine a raibh baint acu léi agus ar a máthair go háirithe.

'Beidh aiféala ort lá éigin, a chailín,' a dúirt sí léi oíche amháin ag druidim le haimsir na scrúduithe.

'Is é mo shaol féin é,' a d'fhreagair Caitríona go ceanndána, 'agus déanfaidh mé pé rud is mian liom.'

D'imigh a máthair uaithi suas an staighre agus na deora léi. An rud ba mhó a chuir as do gach aon duine a raibh baint acu léi ná nach raibh sí sásta Antoine a chur in aithne d'aon duine dá cairde. Ná níor thug sí cuireadh dá tuismitheoirí bualadh lcis. Ní dhearna Antoine aon iarracht Caitríona a chur in aithne dá chairde ná dá thuismitheoirí siúd ach an oiread.

Rinne Caitríona an Ardteist. Bhí a fhios aici dá bhfaigheadh sí cúpla céad pointe go mbeadh an t-ádh uirthi. D'éirigh sí imníoch agus gruama inti féin. Ní dhearna sí teagmháil lena cairde a thuilleadh ach d'fhan sí léi féin cuid mhaith.

Ansin, ag druidim le deireadh mhí Iúil, tháinig scéala chuici a bhain stangadh uafásach aisti. Chuala sí go raibh Antoine tar éis bualadh le cailín eile i gCorcaigh. Thit an lug ar an lag ag Caitríona agus ba bheag nach raibh cliseadh néarach aici. D'fhan sí ina seomra ar feadh seachtaine, agus murach a máthair bhocht a bheith chomh lách agus tuisceanach léi, bheadh an phraiseach ar fud na mias ar fad.

Bhí na torthaí a fuair sí i scrúdú na hArd-teistiméireachta go dona ach fuair sí dóthain pointí chun cúrsa ríomhaireachta a dhéanamh i gcoláiste teicneolaíochta a bhí gar go maith dá teach cónaithe féin.

De réir a chéile tháinig sí chuici féin agus thuig sí an botún mór a bhí déanta aici. Thuig sí nach féidir leis an ngobadán an dá thrá a fhreastal agus as an tuiscint sin tháinig ciall cheannaithe chuici. Thuig sí go maith go raibh ceacht crua agus ceacht tábhachtach foghlamtha aici.

Is Minic a Bhris Béal Duine a Shrón

Imreoir maith sacair ba ea é Tadhg de Staic. Bhí sé ina bhall de dhá fhoireann: foireann sacair Granada a bhí lonnaithe i mBaile an Droichid, agus foireann na scoile. D'imir sé i lár na páirce agus ba ea é Stephen Ireland as Corcaigh a laoch spóirt. Bhí Tadhg den tuairim go raibh Stephen ar fheabhas agus dhéanadh sé aithris air ar an bpáirc imeartha. Imreoir garbh go maith ba ea é Tadhg. Bhí sé mar nós aige calaois a dhéanamh ar imreoirí eile agus iad a ghortú ó am go chéile fiú. Chuir Antaine Ó Máille ina leith gur bhris sé a chos chlé nuair a rinne sé tácláil chrua air i gcluiche sraithe an samhradh seo caite.

Má bhí Tadhg géar lena chosa, bhí sé níos géire fós lena theanga. Ba mhinic a mhaslaigh sé daoine, go háirithe imreoirí sacair ó chlubanna eile i mBaile an Droichid. Ar ndóigh, bhí ardmheas ag daoine air mar imreoir, agus roghnaíodh é mar Imreoir na Bliana ar fhoireann Granada.

Chuaigh sé trasna go Learpholl i gcomhair trialacha. D'éirigh go han-mhaith leis agus fuair sé cuireadh dul ar ais arís. D'éirigh níos fearr fós leis an babhta seo agus coinníodh thall é ar feadh míosa. Ag deireadh na míosa sin, tháinig sé abhaile agus bhí ionadh ar gach aon duine. Ba léir gur tharla rud éigin thall i Learpholl. Bhí ráflaí ag gabháil timpeall gurbh amhlaidh a d'ionsaigh sé peileadóir eile i gclub oíche nó in áit éigin mar sin. Ar ndóigh, ní raibh iontu ach ráflaí agus ní raibh aon duine cinnte faoinar tharla.

D'fhill Tadhg ar scoil agus thosaigh sé ag ullmhú don Ardteist. D'fhill sé freisin ar fhoireann Granada. Bhí áthas ar chuid de na himreoirí go raibh sé fillte. Bhí díomá ar chuid eile acu. Bhí sé chomh garbh is a bhí sé riamh agus thabharfadh sé íde na muc is na madraí do na himreoirí eile mura ndéanfaidís rud air. De réir a chéile, d'éirigh daoine bréan de. Tugadh faoi deara freisin nach raibh sé leath chomh maith is a bhíodh sé mar imreoir. Bhí sé éirithe leisciúil agus dhéanadh sé faillí ar dhul ag traenáil níos minice ná riamh.

Níos measa fós, thosaigh sé ag luí leis an ól. Bhíodh sé ar meisce go minic agus ní bhíodh neart spideoige ann an lá dár gcionn.

Oíche amháin, bhí sé ag filleadh abhaile ón dioscó agus é ar meisce. Bhuail sé le grúpa ó fhoireann sacair eile ón mbaile. Mhaslaigh sé duine de na himreoirí ab fhearr ar an bhfoireann sin. Ionsaíodh é. Leagadh ar an talamh é agus bualadh go dona é. Fágadh ansin é agus gan ar a chumas seasamh. Tháinig otharcharr agus tugadh chun an ospidéil é. Bhí sé gortaithe go dona agus d'fhan sé san ospidéal ar feadh trí mhí.

Chuaigh rudaí chun olcais ina dhiaidh sin. Chaill sé áit ar an bhfoireann. Theip air i scrúdú na hArd-teistiméireachta. D'fhag sé a bhaile dúchais agus chuaigh sé go Nua-Eabhrac, áit a bhfuair sé post ag obair ar an mbildeáil.

Mar a dúirt duine dá iarchairde ina thaobh – is minic a bhris béal duine a shrón. Nach fíor é freisin!

DÍOLTAS

'Cé ag a bhfuil na *bangers*?' a d'fhiafraigh an príomhoide agus faobhar ar a ghuth. Níor fhreagair éinne.

An mhaidin sin ag am sosa amuigh sa chlós pléascadh trí cinn de *bangers*. Bhí cosc ar *bhangers* sa scoil, ach ag druidim le féile na Samhna phléasctaí ceann nó dhó i gcónaí ag am sosa nó ag am lóin.

Cuireadh an milleán ar rang 6A, an rang ina raibh na pleidhcí go léir, de réir an phríomhoide.

'Mura n-insíonn sibh dom cé a phléasc na *bangers* sin beidh orm an rang ar fad a chur ar fionraí ar feadh seachtaine. Ina dhiaidh sin beidh orm labhairt le bhur dtuismitheoirí, duine ar dhuine, agus mura bhfaighidh mé toradh sásúil, rachaidh mé níos faide fós leis. Anois, seas suas, an duine a phléasc na *bangers* sin.'

Níor sheas éinne suas.

D'imigh an t-am thart. Bhí an príomhoide ina sheasamh ansin os comhair an ranga agus cuma an-chrosta ar a aghaidh.

Ansin, gan choinne, sheas Tomás Ó Néill, buachaill beag, ciúin, suas.

'Tá a fhios agam cé ag a bhfuil na *bangers*,' ar seisean i nguth íseal, neirbhíseach.

'Maith an buachaill, a Thomáis,' arsa an príomhoide, 'cé ag a bhfuil siad?'

'Tá siad . . . tá siad . . . ag Donncha Ó Dubhda,' ar seisean. D'fhéach gach éinne ar Dhonncha Ó Dubhda, a bhí chomh dearg san éadan le coileach turcaí um an dtaca seo.

'Seas suas, a Dhonncha!' arsa an príomhoide. 'An bhfuil sé seo fíor?'

'Níl . . . níl sé fíor . . .' arsa Donncha, go stadach.

'Tabhair dom do mhála scoile,' arsa an príomhoide leis. Thug sé an mála don phríomhoide.

Seo leis an bpríomhoide ag ransáil istigh ann. D'aimsigh sé *banger*. Agus an dara ceann. Agus an tríú ceann. Leag sé ar an mbord iad.

'An leatsa iad sin?' ar seisean.

'Is liomsa.' arsa Donncha.

'An bhfuil a thuilleadh agat?'

'Tá.'

Bhí dhá cheann eile aige i bpóca laistigh dá chóta mór. Thug sé don phríomhoide iad.

'An tusa a phléasc na *bangers* sin sa chlós inniu, a Dhonncha? Inis an fhírinne dom nó is duit is measa. Má chomhoibríonn tú liom ní bheidh mé chomh dian ort. Tá seans fiú go bhfanfaidh tú sa scoil seo cé go gcaithfidh mé tú a chur ar fionraí ar feadh míosa. An dtuigeann tú mé, a bhuachaill?'

'Tuigim,' arsa Donncha agus é ag crith.

D'inis Donncha an scéal ar fad dó. Cuireadh ar fionraí ar feadh trí seachtaine é agus nuair a d'fhill sé thar n-ais ag deireadh mhí na Samhna bhí athrú mór tagtha air. D'éirigh sé as a bheith ag pleidhcíocht agus luigh sé isteach ar an staidéar. Bhí a cheacht foghlamtha aige. Níor labhair sé riamh faoin eachtra ina dhiaidh sin ná níor bhac sé le Tomás Ó Néill, an buachaill beag lách a sceith air.

Níor thuig éinne cad chuige ar sceith Tomás air ach an oiread. Caithfidh go raibh cúis éigin leis. Ná ní labhródh Tomás féin faoi. Choinnigh sé a chlab dúnta faoin eachtra.

Ach bhí buachaill amháin sa rang a thuig cad chuige go ndearna sé é. Bhí an buachaill seo – Proinsias Ó Dónaill an t-ainm a bhí air – lánchinnte faoin bhfáth a bhí leis.

Bhí an triúr acu – Tomás, Donncha agus Proinsias – sa rang céanna sa bhunscoil.

Lá amháin ag teacht abhaile ón scoil, thug Donncha léasadh uafásach do Thomás bocht, a bhí ina gharsúinín beag bídeach ag an am. D'fhág sé ar thaobh na sráide é agus a cheann ag cur fola go tréan. Bhí Proinsias ina dteannta ach bhí eagla air aon rud a rá ná a dhéanamh mar bhí sé sceimhlithe ina bheatha roimh Dhonncha Ó Dubhda, a bhí crua agus láidir.

Ach ba chuimhin leis go maith cad a dúirt Tomás bocht trína dheora agus é ag tuisliú leis abhaile.

'Bainfidh mé díoltas amach ortsa lá éigin, a mhic Uí Dhubhda. Sin geall. Fan go bhfeice tú, a mhic Uí Dhubhda!'

SPÁS

Theastaigh spás uaithi. Spás di féin. Spás chun 'a rud féin' a dhéanamh. Spás lena saol féin a chaitheamh.

Lig sí osna. Lean an múinteoir uirthi ag caint. Ach ní raibh Pádraigín ag éisteacht léi. Bhí a smaointe i bhfad ar shiúl. Bhí sí ag smaoineamh ar a saol féin agus na hathruithe a bhí tagtha air le tamall anuas. Trí mhí ó shin bhí seomra dá cuid féin aici sa bhaile. Ach nuair a saolaíodh leanbh óg dá tuismitheoirí tháinig deireadh leis sin ar fad. Cuireadh a deirfiúr Aoife isteach in aon scomra léi. Níor réitigh sí féin agus Aoife riamh lena chéile.

Go dtí gur tháinig Aoife isteach léi, bhí an saol ar a toil aici. Bhí sí in ann a rogha rud a dhéanamh. Ní raibh éinne ag cur isteach ná amach uirthi. Bhí gach rud in ord is in eagar aici. Bhí sí in ann bheith ag léamh is ag éisteacht leis an raidió go dtí a haon a chlog ar maidin dá mba mhian léi é. D'fhéadfadh sí fanacht sa leaba go meán lae ag an deireadh seachtaine.

Ach anois ní raibh aon phríobháideacht fágtha aici. Cuireadh iachall uirthi na soilse a mhúchadh aréir ag a deich a chlog agus dhúisigh Aoife ag a seacht a chlog ar maidin í lena Playstation glórach, gránna. Agus arú aréir níor stop Peadar, an leanbh óg, ach ag gol is ag caoineadh an oíche go léir . . ..

Tháinig na deora léi. Ní raibh trua ag éinne di. Bhí a tuismitheoirí ag cur brú uirthi de shíor níos mó staidéir a dhéanamh. Ach ní raibh ar a cumas é a dhéanamh. Le teacht a dearthár óig, ní raibh sí in ann cúinne ciúin a aimsiú in aon áit. Agus dá rachadh a tuismitheoirí amach ag an deireadh seachtaine, bheadh uirthi aire a thabhairt d'Aoife agus do Pheadar.

Stop sí de bheith ag caoineadh. Bhí an múinteoir Fraincise ag scríobh ar an gclár dubh. Thosaigh sí ag breacadh na nótaí ina cóipleabhar. Fiú amháin ar scoil ní raibh faoiseamh le fáil aici. Bhíodh sí ina suí ar an mbinse cúil, ach cuireadh ina suí ar an mbinse tosaigh í an tseachtain seo caite. Chuir an múinteoir staire ina leith go raibh sí ag féachaint amach an fhuinneog agus b'in an fáth gur bogadh suas go dtí barr an ranga í. Agus bhíodh sí go breá socair sásta san áit ina raibh sí. Bhraith sí go raibh spás aici sa bhinse ar chúl an ranga, go raibh ar a cumas bheith ar a sáimhín só ann.

Ach anois bhí sí faoi bhois an chait acu. Ní fhéadfadh sí sméideadh, ná a cluas a thochas fiú gan aire an mhúinteora a tharraingt uirthi féin. Lig sí osna eile. Bhí a saol ina chíor thuathail ar fad. Bhí gach éinne ina coinne. Mhothaigh sí go raibh gach rud ag druidim isteach uirthi is go raibh sí ar nós príosúnaigh faoi ghlas sa chillín.

Tháinig na deora léi arís. Smaoinigh sí ar Dhiarmaid, an buachaill álainn ar chuir sí aithne air an samhradh seo caite nuair a bhí sí ag fanacht lena seanmháthair faoin tuath. Ní fhéadfadh sí dearmad a dhéanamh ar Dhiarmaid. Buachaill caoin cneasta a bhí ann agus bhí sí socair ina theannta. Thosaigh siad ag scríobh chuig a chéile nuair a d'fhill sí ar an gcathair. Nuair a fuair a tuismitheoirí amach cad a bhí ar siúl d'iarr siad uirthi deireadh a chur leis.

'Ba chóir duit náire a bheith ort,' a dúirt a hathair léi, 'agus tú ag ullmhú do scrúdú na hArd-teistiméireachta i mbliana!' Níor lig siad di scríobh chuig Diarmad a thuilleadh. Tháinig litir eile uaidh, ach nuair nach bhfuair sé freagra uaithi, tháinig deireadh leis na litreacha. Anois bhíodar chun cosc a chur uirthi dul chuig teach a seanmháthar. 'Níl tusa chun dul chuig do sheanmháthair i d'aonar arís agus sin sin,' a dúirt a máthair.

Lean Pádraigín uirthi ag caoineadh. Bhí sí i ndeireadh na feide. Ba é teach a seanmháthar an t-aon áit amháin a raibh faoiseamh le fáil aici. Bhí a seomra féin aici ann. Bhí sí in ann teacht agus imeacht aon uair ba mhaith léi. Bhí sí féin agus a Mamó an-cheanúil ar a chéile. Bhí tuiscint eatarthu. Thug a Mamó spás di. Ní raibh sí riamh faoi chuing na daoirse i dteach a Mamó.

Stop sí de bheith ag caoineadh. Dhírigh sí í féin aniar sa bhinse. Rinne sí rún daingean. Scríobhfadh sí chuig a Mamó agus chuirfeadh sí in iúl di gur theastaigh uaithi saoire a chaitheamh léi arís i mbliana. Dá dtabharfadh a Mamó cuireadh di teacht ar cuairt chuici, ní fhéadfadh a tuismitheoirí cur ina coinne. Bheadh sí in ann mí a chaitheamh i dteannta a Mamó.

Agus bheadh spás aici. Agus bheadh deis aici bualadh le Diarmaid arís agus a scéal go léir a mhíniú dó.

Bhuail an cloigín amuigh sa dorchla. Bhí deireadh leis an rang Fraincise. Ní raibh ach rang amháin fágtha – an rang Gaeilge, a rogha ábhar – agus bheadh sí ag dul abhaile don deireadh seachtaine. Lig sí osna eile. Ach osna áthais a bhí ann an t-am seo.

DRAÍOCHT AN CHEOIL

Bhí díoma an domhain ar Pheadar. Bhí fonn air deoir nó dhó a shileadh, ach mhúch sé an fonn sin. Cén mhaith a dhéanfadh sé, tar éis an tsaoil? Bheadh air glacadh leis nach mbeadh sé choíche ina ghiotáraí i ngrúpa ar bith. B'in an rud ba mhó a ghoill air. Ba chuma leis faoina chumas mar amhránaí. Thuig sé go maith nach raibh guth deas ná binn aige. Ach nuair a dúirt duine de na moltóirí leis go raibh sé go dona ag seinm an ghiotáir, thit an lug ar an lag aige.

Thosaigh sé ar an ngiotár a sheinm in aois a shé bliana. Chaith sé seacht mbliana ag freastal ar ranganna. Bhí ceithre ghiotár aige sa bhaile. Chosain an giotár leictreach a cheannaigh a athair dó dá bhreithlá anuraidh breis agus míle euro.

Anois, bhí duine de na moltóirí in *You're A Star* tar éis a rá leis nach raibh maitheas ar bith ann – tar éis dó lá iomlán a chaitheamh ag feitheamh sa scuaine agus é fliuch go craiceann agus préachta leis an bhfuacht. Nuair a sheas sé os a gcomhair amach an tráthnóna sin, bhí sé cinnte go rachadh sé i bhfeidhm orthu. Thosaigh sé ag gabháil don amhrán 'Where the Streets Have No Name' de chuid U2 agus é á thionlacan féin ar an ngiotár. Ní raibh ach trí líne den amhrán canta aige agus rithim an cheoil aimsithe i gceart aige ar an ngiotár, nuair a scread Brendan O'Connor, duine de moltóirí, in ard a chinn agus a ghutha.

'Stop! Stop!' ar seisean.

'Bhí sé sin go huafásach!'

'Go huafásach? Cad a bhí cearr leis?' arsa Peadar.

'Cad nach raibh cearr leis ba chóir duit a rá! An rud ba mheasa ar fad ná go raibh an giotár as tiúin ar fad. Anois, bailigh leat as mo radharc agus tabhair seans do dhuine éigin eile.'

D'fhéach Peadar ar na moltóirí eile, ach bhí a súile iompaithe uaidh. Níor theastaigh uathu labhairt leis. Bhailigh sé leis amach an doras gan focal eile a rá. Bhí sé croíbhriste. Rinne sé rún go mbeadh gach giotár a bhí ina sheilbh aige ina smidiríní a thúisce agus a shroichfeadh sé an baile.

Bhí sé ar tí an foirgneamh a fhágáil nuair a chuala sé duine éigin ag glaoch air. D'iompaigh sé thart. Cé a bhí ina sheasamh os a chomhair amach ach Van Morrison, an rac-cheoltóir clúiteach agus duine de na moltóirí.

'A Pheadair,' ar seisean agus meangadh ar a bhéal. 'Ná tabhair aird ar bith ar an bhfear sin. Ní thuigeann sé cúrsaí ceoil. Bhí tú ar fheabhas ar an ngiotár. Bheadh éad ar The Edge féin dá gcloisfeadh sé tú. Mar a tharlaíonn, táim féin gan ghiotáraí faoi láthair agus tá turas domhanda beartaithe agam do mhí an Mheithimh. Seo é mo chárta. Cuir scairt orm ag deireadh na míosa má theastaíonn uait mé a thionlacan ar an turas sin. Is i Madison Square Garden i Nua-Eabhrac a chuirfimid tús leis an turas. Slán go fóillín.'

D'imigh Peadar leis, ach ní ar chosán na sráide a bhí sé ag siúl – ach ar aer úr an tráthnóna!

Is Glas Iad na Cnoic i bhFad Uainn

Ní fhéadfaí Jack Ó Baoill a shásamh. An lá áirithe seo
– lá cinniúnach i saol Jack i bhfios nó i ngan fhios dó
féin – d'fhill sé abhaile ón scoil agus straidhn feirge air.
Chaith sé a mhála scoile faoin staighre agus rith sé suas
an staighre go dtí a sheomra agus phlab sé an doras ina
dhiaidh. Chrith an teach ó bhun go barr de bharr an
torainn. Bhí máthair Jack sa chistin ag ullmhú an
dinnéir. Chuala sí an doras ag plabadh. Suas an
staighre léi agus chnag ar dhoras Jack.

'Imigh leat!'

'Oscail an doras, Jack, agus lig isteach mé.'

'Imigh leat!'

D'oscail a mháthair an doras. Bhí Jack caite ar an
leaba agus a cheann faoi aige. Bhí drochaoibh air.

'Cad atá cearr anois, Jack?'

'Faic!'

'Jack, tá rud éigin cearr. Inis domsa cad atá ag cur
as duit?'

'Cuireadh ar fionraí mé.'

'Cé a chuir ar fionraí thú?'

'An príomhoide.'

'Cad chuige?'

'Rugadh orm ag ól Red Bull sa leithreas.'

'Mo náire thú! Seo an séú huair duit a bheith ar fionraí i mbliana. Tuigeann tú anois nach mbeidh tú in ann dul ar ais ar scoil?'

'Tuigim.'

'Agus . . .'

'Agus táim ag dul go Londain maidin amárach.'

'OK.'

'OK? An bhfuil aon rud eile le rá agat, a Mham?'

'Níl faic eile le rá agam, Jack. Cuir do chuid balcaisí in ord agus in eagar, más ea. Tá do mhála taistil sa gharáiste. Gheobhaidh mé duit é.'

D'imigh máthair Jack léi. Baineadh geit uafásach as Jack. Cad a bhí ar siúl? Níor thuig sé an t-athrú aisteach seo ina mháthair. Gach uair eile thaobhaigh sí leis. Théadh sí isteach ina theannta go dtí an scoil agus thógadh sí raic leis an bpríomhoide. An uair dheireanach a cuireadh ar fionraí é thug sí íde na muc is na madraí don phríomhoide. Bhí ar an bpríomhoide cúlú beagáinín agus géilleadh faoi dheireadh. Ach anois . . .

Chaith Jack a bhalcaisí le chéile agus chuir isteach sa mhála taistil iad.

An tráthnóna sin ag an mbord níor labhair aon duine leis. Fiú a dheirfiúr chainteach, bhí sí ina tost anocht.

An mhaidin dár gcionn dhúisigh Jack ag a sé a chlog. Bhí a bhricfeásta ullmhaithe ag a mháthair dó.

'Ar mhaith leat go dtabharfainn síob go dtí an t-aerfort duit, Jack?'

'OK.'

Bhí cuma ghruama ar Jack.

D'fhág sé an chistin go maolchluasach agus d'aimsigh sé a mhála taistil.

'Téanam ort,' arsa a mháthair leis.

Ar aghaidh leo. D'fhág sí slán ag Jack ag an aerfort.

'Slán leat,' ar sise, 'tá súil agam go bhfeicfidh mé thú sula i bhfad. Má thagann tú abhaile arís cuirfear fáilte romhat.'

D'imigh Jack leis. Ar shroichint Londain dó, thuig sé go raibh botún mór déanta aige. Mar sin féin, ba dhuine ceanndána é Jack. Fuair sé lóistín dó féin i Hackney. Ansin thosaigh sé ag lorg poist.

Ní bhfuair sé aon phost. An oíche sin sa teach lóistín fuar, doicheallach, uaigneach, bhí Jack i ndeireadh na feide ar fad. Thosaigh sé ag gol go cráite. Tháinig tinneas baile uafásach air. Ag an nóiméad sin, thuig sé gurbh é féin ba chúis leis an achrann seo ar fad. Thuig sé go raibh príomhoide agus múinteoirí na scoile cráite, scólta aige lena gheáitsí amaideacha, drochbhéasacha. Thuig sé go raibh óinseach chríochnaithe déanta aige dá mhathair bhocht fhoighneach, fhadfhulangach sa bhaile. Thuig sé nach raibh ann ach dailtín dána loitithe gan chiall. Níor chodail sé néal an oíche sin ach é ag caoineadh go cráite sa lóistín fuar doicheallach i gceartlár Londan.

An mhaidin dár gcionn bhailigh sé a chip is a mheanaí agus bhailigh sé leis as Londain. Nuair a shroich sé a theach cónaithe féin an tráthnóna sin cuireadh na múrtha fáilte roimhe. D'fháisc a mháthair agus a dheirfiúr chucu é agus phóg siad é go ceanúil.

'Tá brón orm,' ar seisean, 'ach tá mo cheacht foghlamtha agam. Rachaidh mé chun cainte leis an bpríomhoide ar maidin agus iarrfaidh mé maithiúnas air.'

Rinne a mháthair meangadh beag gáire. 'Is glas iad na cnoic i bhfad uainn ach ní bhíonn siad féarmhar,' ar sise léi féin ós íseal.

Is Olc an Ghaoth nach Séideann Maith do Dhuine Éigin

Buachaill leisciúil ba ea Rónán Ó Dálaigh. Chuirfeadh sé fearg ar a thuismitheoirí ach ní fhéadfaidís mórán a dhéanamh faoi. Bhí Rónán ceanndána freisin. Thaitin an Ghaeilge go mór leis. Ní bhíodh leisce ar bith air an Ghaeilge a labhairt, leabhair Ghaeilge a léamh agus féachaint ar TG4. Maidir leis na hábhair eile, níor thaitin aon cheann acu leis. Thoiligh sé an cúrsa ardleibhéil sa Bhéarla a dhéanamh tar éis dá mhúinteoirí agus dá thuismitheoirí brú a chur air.

'Á, déanfaidh mé é ach níl suim dá laghad agam ann,' ar seisean lena mháthair agus iad sa chistin lá. 'Is maith liom filíocht Heaney, Larkin agus Dickinson. Is maith liom an t-úrscéal *How Many Miles to Babylon?* agus is aoibhinn liom an scannán *Cinema Paradiso*. Lasmuigh díobh sin, is fuath liom gach rud eile. Cad chuige nach féidir liom díriú go huile agus go hiomlán ar an nGaeilge, a Mham?'

Rinne a mháthair iarracht é a chur ar a shuaimhneas ach bhí sé fuar aici. An tráthnóna sin tháinig a athair abhaile ón oifig agus bhí scéala aige. Bhí a athair (seanathair Rónáin) ina aonar thíos i nGaeltacht Chorca Dhuibhne agus gan é a bheith ar fónamh. É ina chónaí leis féin agus gan ar a chumas aire a thabhairt dó féin ná don fheirm a bhí aige.

Labhair Rónán.

'Nach bhféadfainnse aire a thabhairt dó? Nach bhféadfainn cur fúm in aontíos leis agus freastal ar Phobalscoil Chorca Dhuibhne sa Daingean?' Scairt tuismitheoirí Rónáin amach ag gáire. A leithéid! Ach bhí Rónán dáiríre. Lándáiríre. De réir a chéile, ghéill siad, agus ag druidim le haimsir na Samhna thóg Rónán a chip is a mheanaí agus d'aistrigh go teach a sheanathar i gCorca Dhuibhne.

Bhí a thuismitheoirí buartha faoi ar dtús ach ní raibh aon ghá leis an mbuairt chéanna. Réitigh saol na Gaeltachta go hiontach le Rónán. Bhí a sheanathair thar a bheith sásta leis an gcomhluadar. Thosaigh Rónán ag freastal ar Phobalscoil Chorca Dhuibhne sa Daingean agus d'éirigh go seoigh leis ann. Is bhí sé ag stealladh Gacilge ó mhaidin go hoíche.

Tháinig feabhas mór ar a chuid scolaíochta. D'éirigh thar cionn leis i scrúdú na hArd-teistiméireachta. Mhol a thuismitheoirí dó dul ar aghaidh go dtí coláiste tríú leibhéal. Ba leasc leis Corca Dhuibhne a fhágáil ina dhiaidh, go háirithe ó thosaigh sé ag siúl amach le spéirbhean álainn as Riasc. Aoife an t-ainm a bhí uirthi. Cailín álainn ba ea í agus post aici in Ionad Oidhreachta an Bhlascaoid Mhóir. Thit an bheirt acu caoch i ngrá lena chéile.

Cailleadh a sheanathair go tobann ag druidim le deireadh mhí Lúnasa. Bhí Rónán go mór trí chéile, ní nach ionadh. B'fhearr leis a sheanathair ná aon duine eile a bhí ar dhroim an domhain.

Bhí go maith is ní raibh go holc.

Mí ina dhiaidh sin, bhí Rónán agus a thuismitheoirí bailithe le chéile i dteach an dlíodóra sa Daingean. Bhí uacht an tseanfhir faoi chaibidil acu. Nach orthu go léir a bhí an t-ionadh gur fágadh teach agus feirm an té a bhí caillte ag Rónán.

Ar ndóigh, bhí Rónán ar bís. Bhí mian a chroí faighte aige: fanacht i gCorca Dhuibhne go buan, fadtéarmach, ar fheirm a sheanathar lena ghrá geal Aoife.

'Is olc an ghaoth nach séideann maith do dhuine éigin,' ar seisean leis féin níos déanaí an tráthnóna sin.

MISNEACH

Thaitin an spórt go mór le Colm de Barra. Dá mbeadh rogha aige, rud nach raibh, d'fhágfadh sé an scoil agus rachadh sé i mbun an spóirt go lánaimseartha.

Bhí sé go maith mar imreoir sacair, nó le bheith níos cruinne bhíodh sé go maith tráth. Deireadh gach éinne ag an am sin go raibh mianach as an ngnáth ann.

Labhair sé lena thuismitheoirí faoi. Dúirt sé leo go raibh sé ar intinn aige an scoil a fhágáil agus dul go Sasana le bheith ina pheileadóir gairmiúil. Bhí a thuismitheoirí ar buile leis. Dúirt siad leis ciall a bheith aige. Dúirt sé leo go raibh cuireadh faighte aige ó Man. City dul trasna chucu i rith an tsamhraidh i gcomhair trialacha. Dúirt a thuismitheoirí leis nach raibh seans dá laghad aige a bheith ina pheileadóir gairmiúil is go mba chóir dó post páirtaimseartha a fháil don samhradh is gan a bheith ag brionglóideach ar nós amadáin.

Ghlac Colm lena gcomhairle. Rinne sé rud orthu. Fuair sé post samhraidh i McDonald's. Níor thaitin an obair leis, ach bhí sé ag tuilleamh €150 in aghaidh na seachtaine. Chaith sé an t-airgead ar éadaí, ar dhlúthdhioscaí agus ar shiamsaíocht. Nuair a d'fhill sé ar ais ar scoil i mí Mheán Fómhair, luigh sé isteach ar an staidéar. Theastaigh uaidh a bheith ina chuntasóir, agus ar an ábhar sin, níor mhór dó suas le cúig chéad pointe a fháil i scrúdú na hArdteistiméireachta.

Mar sin féin, lean sé ar aghaidh ag imirt sacair le River Rovers cé nach raibh a chroí ann a thuilleadh. D'oibrigh Colm go dian don Ardteist agus d'éirigh leis pointí arda a bhaint amach sa scrúdú. Bhí a thuismitheoirí ar mhuin na muice, ní nach ionadh.

Fuair sé a chéad rogha, áit ar an gcúrsa cuntasóireachta i gColáiste na Tríonóide.

Bhí go maith is ní raibh go holc.

Ní raibh ach dhá mhí curtha isteach aige ar an gcúrsa seo nuair a tuigeadh dó nach raibh spéis dá laghad aige ann. Níor theastaigh uaidh an chuid eile dá shaol a chaitheamh le figiúirí. Níor theastaigh uaidh a bheith ag obair istigh in oifig le cuntasóirí eile. D'fhás fuath ina chroí do Choláiste na Tríonóide. Bheartaigh sé ar an áit a fhágáil roimh Nollaig na bliana sin.

Nuair a dúirt sé lena thuismitheoirí a raibh ar intinn aige a dhéanamh, bhí siad le ceangal. D'fhiafraigh siad de arbh as a mheabhair a bhí sé. Dúirt siad leis go mbeadh na mílte buachaillí eile in éad leis is go ndéanfaidís gach a bhféadfaidís le tamall a chaitheamh i gColáiste na Tríonóide, an ollscoil is mó cáil in Éirinn.

Ach ní raibh Colm chun a intinn a athrú an babhta seo. Sheas sé an fód.

Ar ámharaí an tsaoil, bhí fuascailt i ndán dó.

Tráthnóna amháin, ag druidim le haimsir na Nollag nach bhfuair sé glao teileafóin ó scabhta Man. City, an scabhta céanna a thug cuireadh dó bliain go leith roimhe sin. Dúirt sé leis go raibh sé i mBaile Átha Cliath is gur theastaigh uaidh bualadh leis. Mar a tharla, bhí Colm ag imirt i gcluiche tábhachtach le River Rovers ar an Satharn. Tháinig an scabhta chun breathnú air ag imirt. Ní foláir nó go raibh sé an-tógtha leis arís mar thug sé cuireadh eile dó dul go Manchain go luath san athbhliain i gcomhair trialacha. Nuair a chuaigh Colm abhaile, d'inis sé dá thuismitheoirí a raibh beartaithe aige a dhéanamh. Bhí siad drogallach go leor ar dtús, ach de réir a chéile ghlac siad le cinneadh a mic.

Chuaigh Colm go Manchain ar an naoú lá d'Eanáir. Ag fágáil slán leis ag an aerfort, dúirt a athair leis os iseal: 'Is tusa fear an mhisnigh, a Choilm, agus níor chaill fear an mhisnigh riamh é! Tá súil agam go bhfuil an rogha cheart á déanamh agat. Muna n-éiríonn leat, beidh fáilte romhat i gcónaí inár dteachna. Slán!'

Rug Colm barróg ar an mbeirt acu agus d'iompaigh sé uathu agus chuaigh i dtreo an eitleáin.

Bí ag caint ar mhisneach!

Níl Aon Tinteán mar do Thinteán Féin

Níl fothram le cloisteáil sa teach. Go tobann buaileann an clog mór clingeach sa halla – ding-dong, ding-dong, ding-dong – ag fógairt ama, i gcónaí ag fógairt ama. Trí a chlog. Uair mharbh na hoíche. An saol mór is a mháthair ina sámhchodladh. An teach mór trí stór ina chodladh.

Osclaítear doras in áit éigin sa teach. Coiscéimeanna tostacha ag sleamhnú anuas an staighre. Ní chorraíonn an madra as a shámhchodladh ar an mata. Osclaíonn sé súil, ar éigean. Duine aitheanta ag dul thart sa dorchadas. Dúnann sé an tsúil arís agus taibhríonn sé madrasmaointe, madramhianta.

Coiscéimeanna sa chistin anois. Ag an gcúldoras. Osclaítear é. Dúntar arís é. An cat atá ina chat-chodladh sa bhothán sa chúlghairdín, ardaíonn sé a cheann. Biorann sé a chluasa. Fuaim inghlachta. Codlaíonn sé arís, súil amháin leis oscailte, an tsúil eile dúnta, é ina chatchodladh i ndorchadas na hoíche.

An geata ag oscailt ansin. Díoscán beag bídeach. Ciúnas. Ar ais sa teach arís, an clog mór clingeach sa halla ag bualadh: a ceathair, a cúig, a sé, a seacht. Cloigín aláraim i seomra codlata éigin ag fógairt na

maidine. Am dúisithe. An teach ina dhúiseacht.
Fothram i ngach áit. Coiscéimeanna ag brostú sall is
anall. Uisce ag sileadh. Guthanna ag brioscadh.
Raidió ag ceol: tra-la-tra-la-tra-la-la-la-la-la . . .

Guth ard imníoch amháin ag gearradh isteach ar na
guthanna eile:

'Cá bhfuil Seán? An bhfaca aon duine Seán? Níl
sé ina sheomra. Cá bhfuil sé? Caithfidh go bhfuil sé
in áit éigin! Níor shlog an talamh é! A Sheáin! A
Sheáin! Cá bhfuil tú, a Sheáin? Tá do bhricfeasta
ullamh. Brostaigh ort nó beidh tú déanach!'

Gach aon duine ar thóir Sheáin. Ach gan Seán le
fáil. Seán ar iarraidh. Seán gan a bheith ann. Seán *in
absentia*.

An clog sa halla arís. Ding-dong, ding-dong. Deich
a chlog ar maidin. Na Gardaí tagtha. Gleo agus
gliogram agus dul trí chéile. An líon tí go léir bailithe
sa seomra suí. An sáirsint ag cur na gceisteanna: 'Cá
mbeadh sé imithe? An raibh cúis ar bith aige le
himeacht? Dúirt príomhoide na scoile linn ar an
nguthán ó chianaibh nach raibh sé ar a shuaimhneas le
tamall anuas. An raibh fadhb ar bith aige anseo sa
bhaile?'

An mháthair agus a bosa á sníomh aici. Í go mór
trí chéile. Meascán mearaí uirthi. Í ag smearadh a súl
le ciarsúr ó am go chéile. 'Ní heol domsa aon ní, a
Sháirsint, a bhí ag cur as dó. Buachaill deas ciúin a bhí
ann. Níor thug sé trioblóid riamh dúinn. Róchiúin a
bhí sé. Is ar éigean . . .'

A fear céile ina shuí in aice léi. Ag aontú léi. 'Sea,

buachaill deas ciúin, a Sháirsint, buachaill béasach dea-mhúinte nach ndearna aon rud riamh as an tslí . . .'

Na comharsana ag bailiú isteach. Iad ite le fiosracht. Rud éigin cearr anseo dar leo ina n-aigne féin. Ní bhíonn deatach ach mar a mbíonn tine. Seán Ó Néill. Róchiúin. Róchiúin dá leas féin. Seachain an duine a bhíonn róchiúin! Ní féidir muinín a bheith agat as an duine ciúin. Bíonn ciúin dainséarach. Páistí crosta drochbhéasacha sa bhaile acu féin. Áthas orthu anois nárbh iad a bpeataí féin a bhí tar éis imeacht.

An clog mór clingeach sa halla ag fógairt meán lae. An teach ciúin, folamh. Gach aon duine ar a dhícheall ag lorg Sheáin. Gan i mbéal an phobail ach Seán Ó Néill. An bhfaca aon duine Seán Ó Néill? Seán Ó Néill imithe is gan a thuairisc ann . . . Seán Ó Néill – an buachaill fáin . . .

Nuair a dhún Seán an geata le taobh an tí, bhí Imní fós air. Ach nuair a mhothaigh sé an cosán sráide faoina chosa, d'imigh Imní agus ina háit tháinig Faitíos amach as an dorchadas agus sheas lena thaobh. Lean Faitíos é. Rith sé ach nuair a stop sé arís agus nuair a d'fhéach timpeall, bhí Faitíos fós ann. Ach de réir a chéile d'imigh Faitíos agus tháinig Amhras ina áit. Lean Amhras é trí na sráideanna dorcha. Nuair a shroich sé Droichead Uí Chonaill, d'fhéach sé timpeall arís is ní raibh tásc ná tuairisc ar Amhras.

Ina áit bhí neach eile, deilbh álainn bhanda darbh ainm Saoirse. D'fhéach Seán uirthi agus chonaic sé go raibh sí go hálainn, a háilleacht leochaileach, dho-aimsithe, neamhshaolta frámaithe faoi sholas sráide.

Sméid sí air teacht chuici agus rinne sé rud uirthi, á leanúint ar fud na cathrach. Thaispeáin sí a ríocht dó agus, dar leis, sháraigh an ríocht sin aon rud a bhí feicthe aige go dtí seo ina shaol.

Agus chonaic sé a géillsinigh an oíche sin. Chonaic sé iad ina gcodladh i ndoirse ar Shráid Grafton, i bpóirsí ar Shráid Bhagóid, i mbothanna boscaí cois na canálach, ina málaí codlata taobh thiar den Leas-Ardeaglais, faoi nuachtáin i bpáirc phoiblí, na ceannlínte ag insint dó go raibh saol nua eile ann is go mbeadh air an saol sin a bhlaiseadh ina iomláine sula mbeadh sé féin saor, sula mbeadh sásamh aigne agus anama aimsithe aige . . .

Chodail sé an oíche sin i seanghluaisteán tréigthe gar d'Fhaiche Stiabhna. Bhí sé fuar, is cé gur mhothaigh sé an fuacht, níor ghéill sé dó. Cheannaigh sé bricfeasta dó féin an mhaidin ina dhiaidh sin, i gcaife ar Shráid Uí Chonaill. An lá ar fad le meilt anois aige is gan aon duine ann chun a bheatha a threorú dó. Tuismitheoirí ná múinteoirí ná cairde. Dualgais ná scrúduithe ná teagasc Críostaí, ní raibh ag cur as dó. Bhí Seán Ó Néill saor an mhaidin áirithe seo i mí an Mhárta, saor chun a rogha rud a dhéanamh. Chomh saor leis an bhfaoileán bán a bhí tuirlingte ar spíce ar Ardoifig an Phoist . . .

Bhí duairceas uafásach titithe ar an teach mór trí stór an mhaidin chéanna. Cheapfá fiú go raibh torann an chloig mhóir chlingigh sa halla éirithe duairc. Ní raibh ceol ar bith sa ding-dong, ding-dong a thuilleadh. Maidir leis an líon tí féin, bhí siad chomh gruama leis an lucht caointe ag sochraid. Ní raibh gíog astu. Níor chodail duine ar bith acu néal amháin codlata an oíche roimh ré. Iad ar tinneall. Iad ag fanacht ar an bhfón, ag faire ar an raidió, ag faire ar thoil Dé. Cá raibh Seán imithe?

An mháthair ag gol go faíoch. Ag cur an mhilleáin uirthi féin. Í ite le himní. Í féin faoi deara é, dar léi. Da mba rud é go raibh sí féin agus a fear céile dian air, ach ní raibh, cé . . . cé gur chuir siad brú air pointí arda a ghnóthú san Ardteist . . . ach nach ndúirt sé leo gur theastaigh uaidh dul chuig an ollscoil chun innealtóireacht a dhéanamh . . . chuige sin níor mhór dó torthaí maithe a ghnóthú . . . ach cén mhaith bheith ag caint? Phreab an guthán. Léim an líon tí amhail is dá mba rud é go bhfuair siad cic ó chapall nó gur phléasc buama in íochtar an tí. Na Gardaí. Sea, ach gan aon scéal nua acu. Puinn eolais ní raibh acu i dtaobh an gharsúin sheachráin. Cá raibh sé imithe? B'in an cheist . . .

Chaith Seán trí lá agus trí oíche ar an gcuma sin, ag fánaíocht ar fud na cathrach. Ídíodh a chuid airgid. Ídíodh a dhóchas agus a fhéinmhuinín. Chuir sé aithne ar ríocht na Saoirse, is ag druidim le deireadh na tréimhse sin tuigeadh dó gurbh ionann ríocht na Saoirse agus ríocht an Uaignis.

Ceann de na hoícheanta sin agus é caite ina chnap i bpóirse siopa, labhair seanfhear leis, seanfhear a bhí sa ríocht chéanna leis, an bheirt acu ag crith leis an bhfuacht agus geonaíl ina ngoile leis an ocras.

'Cad atá á dhéanamh agatsa anseo, a bhuachaill?

Cén fhadhb atá agat go bhfuil tú sa chás seo? An ea gur thréig tú do mhuintir is do bhaile?' D'fhair an aghaidh dhrabhlásach go grinn ar aghaidh Sheáin. Bhí cuma na hainnise, cuma na tragóide, cuma na dearóile ar an aghaidh chéanna.

'Rinne mise an rud a rinne tusa, a bhuachaill, leathchéad bliain ó shin, agus féach ar an gcruth atá orm anois. Cheap mé ag an am go raibh fadhbanna agam. Bhí mo thuismitheoirí ábhairín dian orm. Cheap mé go bhféadfainn na fadhbanna sin a shárú dá dtréigfinn an baile, rud a rinne mé. Ach níor sháraigh. Is amhlaidh a mhéadaigh mé iad. Níl aon rud anseo duit, a bhuachaill, ach crá croí agus achrann. Dá mba mise tusa, rachainn abhaile is dhéanfainn iarracht níos fearr mo chuid fadhbanna a réiteach.'

D'iompaigh sé uaidh agus níorbh fhada go raibh sé ina shámhchodladh. D'fhéach Seán timpeall air chun go bhfeicfeadh sé deilbh álainn na Saoirse. Ach ní fhaca sé Saoirse. Ina háit chonaic sé cailleach ghránna uafar darbh ainm Gruaim. Sméid sí air teacht chuici ach b'amhlaidh a theith sé uaithi trí na sráideanna, a chroí ag preabarnach le huafás nár thuig sé go hiomlán. Theith sé uaithi ach i gcónaí nuair a d'fhéachadh sé timpeall, bhíodh sí ann, a ceannaithe loma caite ag magadh faoi.

Maidin an cheathrú lá is ea a bheartaigh sé ar dhul abhaile. Bhí sé tuirseach, traochta, fuar, is ní raibh pingin rua fágtha aige. Bhí Saoirse blaiste aige ach níor thaitin a blas leis. Bhí umar na haimléise feicthe aige, ach chuir an radharc sceon air. Dá bhféadfadh sé éalú ón gcailleach ghránna sin a bhí ag bagairt air. Ach cá rachadh sé . . . ?

Go tobann mhothaigh sé na deora ag cruinniú ina shúile. Níor chuir sé srian leo. Lig sé dóibh titim go frasach ar a leicne, iad ag dul isteach ina bhéal, á thachtadh. Nuair a d'imigh an tocht, chonaic sé den chéad uair ina shaol bealach a shlánaithe: an bealach casta achrannach sin a threoródh é go doras a thí féin.

Lean sé an bealach sin, ag rith, ag siúl, ag sodar, go bhfaca sé faoi dheireadh a theach féin os a chomhair amach. Chnag sé go faiteach ar an bpríomhdhoras, ach níor fhreagair aon duine é. Ní raibh aon duine istigh, ní foláir. Smaoinigh sé ansin go raibh eochair an chúldorais ina phóca aige. Thóg sé amach í agus shleamhnaigh sé isteach an cúldoras go faiteach. Suas an staighre leis go beo, bhain sé a chuid éadaí de agus isteach sa leaba leis. Ó, an teocht! Ó, an compord!

Cad a déarfadh sé lena thuismitheoirí? Lorgódh sé a maithiúnas. Ní ghabhfadh sé leithscéal ar bith leo. Ní raibh eagla air rompu. Thuigfidís dó . . . nó an dtuigfidís? Mhothaigh sé ualach an chodlata ar a shúile. Mhothaigh sé a chorp ag titim . . . ag titim . . .

Thíos sa halla fógraíonn an clog mór clingeach go bhfuil meán lae tagtha. Ní go naimhdeach ach go binn, go binn ag clingeadh ding-dong, ding-dong, ding . . . ding . . . ding . . . fáilte romhat abhaile, a stóirín . . .

Nollaig an Fheasa

D'ísligh sé fuinneog an tseomra leapa de phlimp thobann ghlórach. N'fheadar conas nár scoilteadh an ghloine ina smidiríní. Sháigh sé a cheann amach is d'iniúch sé an dorchadas féachaint an bhféadfadh sé a dhéanamh amach cé a bhí ann. Nuair a d'aithin sé mo thoirt bheag ina sheasamh ag doras na cistine, lig sé scread as a reoigh an fhuil im chuislí.

'Cad chuige an cnagadh go léir nó cad atá uait ag an am seo den mhaidin? An as do chéill ar fad atáir? Nach bhfeiceann tú go bhfuil sé ina dhubhoíche fós?'

Tharraingíos mo chorp beag chomh fada leis an bhfuinneog is sheasas os a chomhair amach ag breathnú suas idir an dá shúil air. Bhí a chuid gruaige mar sceach driseoige ag gobadh aníos as a phlait, is bhí sé sreangshúileach. Fuaireas boladh na meisce ar a anáil. Cé go raibh sé dúisithe as a thromshuan agam is go raibh sé ar buile liom, ní fhéadfadh sé an cineáltas a bhí ann ó dhúchas a cheilt ina cheannaithe.

'Ach dúrais liom teacht,' dúras leis go mall, stadach, 'dúrais liom bheith anseo go moch ar maidin.'

Thochas sé a leathcheann lena ingne fada, nós a bhí aige.

'Dúras? An ndúras? Ní dúras . . . ní cuimhin liom go ndúras . . . caithfidh nach ndúras . . .'

'Dúrais . . . dúrais go raibh San 'Clás chun teacht anseo . . .'

D'fhéach sé orm go hamhrasach. Ní baol ná go raibh sé fós ina dhúiseacht.

'Fan mar a bhfuil tú nóiméad,' ar seisean liom, ag tarraingt a chinn isteach is ag dul as radharc uaim sa seomra dorcha.

Tar éis tamaill bhig chualas eochair ag casadh i ndoras na cistine is shiúlas go mall ina threo is isteach liom. Ní raibh solas d'aon sórt sa teach aige is shuíos síos i ndorchadas na cistine faid a bhí sé ar thóir rud éigin le cur ar an tine. Fuair sé gabháil bhrosna thíos i dtóin an tí is chaith sé ar an tine é. Nuair a bhí sin lasta aige, shuigh sé ar chathaoir shúgáin os a comhair amach agus dhearg Woodbine le smeachóid ón tine a d'aimsigh sé leis an tlú. Tharraing sé an deatach go doimhin isteach ina scámhóga. Tháinig madra dubh a raibh snas ina chraiceann as an gcúlchistin dhorcha is shín sé é féin amach ar na leacracha teallaigh os comhair na tine agus thosaigh ar a lapaí a lí. Nuair a bhí an tine faoi lánseol, thosaigh na scáileanna ag léimt is ag preabadh thart timpeall ar na fallaí is tháinig cineál eagla orm.

Nuair a bhí a dhóthain den toitín caite ag m'uncail, mhúch sé lena mhéara é is chuir an bun isteach sa bhosca arís. D'fhéach sé orm os íseal.

'Níl tú ag rá liom go gcreideann tú sa leaid sin fós?'

Bhain an cheist preab asam mar nach rabhas ag súil

léi. Go dtí sin bhíos tógtha suas le mo smaointe féin agus a raibh ag tarlú timpeall orm.

'Cén leaid? . . . San 'Clás? Ó, creidim . . . creidim cinnte . . .'

'Tán tusa rómhór anois, a gharsúin, do Shan 'Clás. Ba chóir duitse bheith ag fáil réidh lena leithéid de sheafóid um an dtaca seo. Tar éis an tsaoil cén aois thú? Deich . . . haon déag . . . dó dhéag . . . ?'

'Táim aon déag go leith,' arsa mise leis go maolchluasach.

'Aon déag go leith!' ar seisean, go magúil, 'aon déag go leith is creideann tú fós i bhfear na féasóige!'

Thit an lug ar an lag agam. Cad a bhí á rá aige? Chuir a chuid cainte lagachar orm. Ba ar éigean a raibh ar mo chumas m'anáil a tharraingt. Thosaigh smaointe namhdacha, doicheallacha ag brú ar m'aigne: rudaí a bhí leathchloiste agam, leideanna, nodanna, ráflaí, an cogar mogar a bhí cloiste agam ó na buachaillí móra i gclós na scoile ag am lóin, na tagairtí indíreacha ó mo dheartháir féin, aoibh an gháire ar aghaidh m'athar nuair a thug sé faoi deara mé ag cumadh liosta de na hearraí a bhí uaim arú aréir cois na tine sa bhaile. Tháinig mearbhall orm.

D'fhéachas ar m'uncail os íseal. Bhí a lámha leata aige os cionn na tine is gan air ach foléine agus bríste. Gan a chóta, bhí sé caol, cnámhach is gan cuma rófholláin ar a aghaidh. Bhí creathán aige ina lámha is ó am go chéile chuireadh sé gréas casachtaigh de a thachtadh é, nach mór. Bhí sé mar nós aige seile a chaitheamh isteach sa tine a dhéanfadh siosarnach bheag ghairid i measc na lasracha. Os cionn na tine bhí matal caol súicheach ar a mbíodh sraith de phaicéid Woodbines fágtha de shíor aige. Ba mhinic, nuair nach mbíodh sé ag faire, a ghoidinn toitín as ceann acu len é a chaitheamh ar mo bhealach abhaile ón scoil.

Smaoiníos ar na scéalta a bhí cloiste agam faoi: go raibh gach pingin rua ólta aige. Ba mhinic a chualas mo mháthair ag tathant air éirí as an ól. Ach thugadh sé cluas bhodhar di. Cé go raibh sí an-cheanúil air, bhíodh sí ar buile leis toisc é bheith róthugtha don ól. Tráthnóna amháin i rith an tsamhraidh d'iarr sí orm an teach a chuardach faid is a bhí sé ar an bportach.

'Cén fáth?' an cheist a chuireas uirthi ag an am.

'Féachaint an bhfuil aon rud le n-ithe aige sa teach.'

Ní raibh sa teach aige ach bollóg aráin bháin, bosca tae agus braon bainne. Ní rabhas in ann teacht ar im, ar fheoil ná ar aon rud eile. Bhí mo mháthair go dubhach brónach nuair a mhíníos na cúrsaí seo di. Chualas í ag labhairt lem athair faoin scéal.

'Tán sé siúd ag maireachtaint ar arán bán agus tae,' ar sise leis, 'níl faic eile faoi dhíon an tí aige.'

'Ní haon ionadh é sin agus gach a dtuilleann sé caite thar an gcuntar isteach aige thíos ag an gCé chuile oíche den tseachtain,' an freagra a thug m'athair uirthi.

Ina dhiaidh sin is uile bhí an-ghean aici air.

'Is cuma cad a deirtear ina thaobh, is fear ionraic é,' a deireadh sí, á chosaint, 'nár ardaigh a ghuth riamh le héinne de na comharsana.'

Chuireadh sí mise chuige uair nó dhó sa tseachtain le leathdhosaen uibheacha agus cáca aráin bháin, te as an oigheann. Thagadh sé chugainn don dinnéar ar an Domhnach go minic, maide draighin ina lámh aige agus a mhadra roimhe amach. Thugadh sé *bull's eyes* domsa, iad greamaithe le chéile ina meall mór milseachta istigh sa pháipéar. Bhí croí mór ag m'uncail Eoin gan dabht ar bith.

'An bhfuil cupán tae uait?' ar seisean liom, ag gearradh isteach ar mo chuid smaointe.

'Níl,' arsa mise leis is fios maith agam cén sórt tae a dhéanfadh sé, é chomh láidir le triacla.

Chroch sé citeal picdhubh ar an tine. Ní fada go raibh sé ag feadaíl go binn agus gal deataigh ag éirí os a chionn in airde. Scól sé an taephota is dhein sé an tae. Shuigh sé ag ceann an bhoird bhig a bhí le hais na fuinneoige len é a ól.

'Bain triail as cupán de seo,' ar seisean liom, 'déanfaidh sé maitheas duit.' Scairt sé amach ag gáire. D'fhéach mé go géar air.

'An tae nach bhfuil láidir,' ar seisean sna trithí, 'ní foláir dó bheith te!'

Bhí fonn orm gáire ina theannta ach mhúchas an fonn sin. Bhreathnaigh mé air ag slogadh as an muga mór agus ag ithe canta aráin bháin. Ní raibh im ar bith ar an mbord aige. D'fhéachas amach an fhuinneog. Bhí an lá ag breacadh lasmuigh.

Thosnaíos ag éirí imníoch. Smaoiníos go tobann ar an gcúis a thug anseo mé, a thug orm éirí as mo leaba theolaí ag giolcadh an ghealbháin agus siúl romham

tríd an dorchadas go teach m'uncail. Ní dhearnas ach
breathnú go sciobtha ar na féiríní a bhí fágtha cois na
tine sa bhaile agus imeacht an doras amach ar nós
geilte. Smaoiníos ar an Nollaig seo caite nuair a bhí an
leoraí ba ghleoite dá bhfaca éinne riamh fágtha ar
chathaoir le hais na tine romham, agus an Nollaig
roimhe sin arís bhí bosca saighdiúirí ceilte i bpoll an
iarta. Ach cad a bhí cearr i mbliana? Ní raibh aon rud
le feiscint in aon bhall agus an chuma ar an scéal go
rabhas fágtha ar an dtrá fholamh . . .

Gan choinne, tháinig briathra m'uncail isteach i
m'aigne: 'Rómhór do San 'Clás . . . lena leithéid de
sheafóid . . .'

Ní raibh San 'Clás ann. B'in an bhrí a bhí leo. B'in
a bhí á rá ag na buachaillí móra ar scoil. B'in a bhí á rá
ag mo dheartháir. B'in a bhí taobh thiar den gháire
magúil ar aghaidh m'athar. Níorbh ann dó! Bhain
loime na fírinne sin siar asam. Bhraitheas meáchan
mór ar m'ucht. Tháinig na deora chuig mo shúile. Ní
raibh fonn orm a thuilleadh brostú abhaile le hiontas a
dhéanamh de na bronntanais a bhí fágtha cois na tine
ag mo thuismitheoirí. Ag mo thuismitheoirí! Chuir
an smaoineamh déistin orm. Níor theastaigh
bronntanais ó mo thuismitheoirí uaim. Theastaigh
bronntanais ó San 'Clás uaim. Ní raibh sa rud go léir
ach bréag. Bréag shuarach fhealltach. Nár mise an
t-amadán críochnaithe glacadh leis an mbréag chéanna
ar feadh na mblianta! Amadán suarach.

D'fhéachas ar m'uncail le doicheall i mo shúile
agus é ag slogadh go glórach as a mhuga mór ag ceann

an bhoird bhig agus creathán ina lámh aige. Bhíodar go léir mar an gcéanna, na daoine fásta. Níor thuigeadar páistí ná ní raibh aon mheas acu orthu. Fuair rud éigin bás istigh ionam ag an nóiméad sin. Rud éigin leochaileach, luachmhar, do-athnuaite. Rud míorúilteach, neamhurchóideach, leanbaí nach dtiocfadh thar n-ais choíche. Rud a bhí feicthe agam roimhe sin i ngach a raibh timpeall orm: i mboghanna báistí, i néalta na spéire, i ngathanna gréine, i dtonnta na farraige, i súile ainmhithe agus éan. Draíocht na leanbaíochta an rud sin agus fuair sé bás istigh ionam ag an nóiméad sin, nóiméad nach ndearmadfainn go deo.

D'éiríos den chathaoir is dheineas mo bhealach síos i dtreo an dorais gan focal a rá. Bhíos ag gabháil thar fhuinneog na cistine lasmuigh nuair a chuala m'uncail ag glaoch thar n-ais orm. Bhí fonn orm ligint orm nár chualas é agus leanúint ar aghaidh ach d'iompaíos timpeall is d'fhilleas chomh fada le doras na cistine arís. Bhí sé ina sheasamh ag an drisiúr agus é ag cuardach i gcomhair rud éigin. Bhain sé anuas seanchrúiscín den drisiúr agus thóg sé airgead amach as. Tháinig sé síos chomh fada leis an doras.

'Seo dhuit,' ar seisean, ag síneadh dhá leathchoróin ina bhos chugam, 'seo dhuit, a gharsúin, ceannaigh milseáin duit féin leo seo. Níor tháinig San 'Clás anseo aréir. Is dócha gurbh amhlaidh nach raibh aon rud fágtha aige . . .'

'Ní féidir liom iad a thógaint uait,' arsa mise leis go ceanndána.

'Beir leat iad, a gharsúin,' ar seisean ag breith greime ar mo lámh is ag brú na mbonn isteach im bhos, 'beir leat iad. Táid tuillte agat tar éis na bliana.'

Thógas an t-airgead uaidh is d'imíos liom ar mo bhealach abhaile. D'fhéachas taobh thiar díom nuair a shroicheas an bóthar mór is bhí sé fós ina sheasamh ag doras na cistine ag baint deataigh as Woodbine a bhí ina bhéal aige.

Is mó aistear fada déanta agam ó shin ach ní dóigh liom gur sháraigh aon cheann acu an t-aistear sin a dheineas san anallód ó theach m'uncail go teach m'athar. Bhí sé cosúil le bheith ag dul ó aois linbh go haois fir. Bhí an t-ualach feasa trom ar mo ghuaillí caola is mé ag coisíocht liom abhaile go fannchroíoch ar an mbóthar dorcha casta an mhaidin Nollaig úd fadó.

Cleachtaí

Tá na scéalta sa leabhar léite agat agus tá súil agam gur thaitin siad leat. Ag an bpointe seo ba cheart go mbeadh tuiscint agat ar cad is scéal ann agus ar conas tabhairt faoi scéal a scríobh. Níl sé ródheacair i ndáiríre scéal maith a scríobh. 'Bíonn gach tús lag,' a deir seanfhocal amháin ach tá seanfhocal eile ann a deir, 'Cleachtadh a dhéanann máistreacht'. Molaim duit scéalta de do chuid féin a scríobh bunaithe ar chuid de na téamaí thíos. Ba chóir duit an Réamhrá a léamh arís sula dtosaíonn tú. Táim cinnte de go n-éireoidh go seoigh leat. Ádh mór!

(i)   Giorraíonn beirt bóthar
(ii)   Aoibhneas.
(iii)   Bíonn súil le muir ach ní bhíonn le huaigh.
(iv)   Comhairle mo leasa.
(v)   Éirí in airde.
(vi)   Dá fhad é an lá tagann an oíche.
(vii)   Is olc an ghaoth ná séideann maith do dhuine éigin.
(viii) Míthuiscint.
(ix)   Is fearr an tsláinte ná na táinte.
(x)   Beidh lá eile ag an bPaorach!

(xi)   Saoirse.

(xii) Ní thagann ciall roimh aois.

(xiii) Foighne.

(xiv) Cothrom na Féinne.

(xv)   Grá.

Nó scéalta bunaithe ar ghné ar bith den saol atá timpeall ort nó ar ghné ar bith de do shaol pearsanta nó de do thaithí féin ar an saol. An rud is tábhachtaí ar fad: coinnigh ort ag scríobh agus bainfidh tú taitneamh agus tairbhe as le himeacht ama.

FOCLÓIR

Aiféala

ar a bharraicíní – on his tiptoes
faobhar géar – sharp edge
lann – blade
ar fionraí – suspended
a sceith – who betrayed
baineadh stangadh astu – they got a fright
thug siad íde na muc agus na madraí dó – they scolded him
ag beartú díoltais – planning revenge
nimh – poison
chinn sé – he decided
boinn – tyres
burla nótaí – a big sheaf of notes
réamhscrúduithe – mock exams
togha – excellent
dá gcuirfeá dua – if you made a big effort
ag déanamh idirghuí – interceding
cúiteamh – retribution / recompense
ina dhrochghníomh – for his bad deed
goirt – salty

Aithníonn Ciaróg Ciaróg Eile

mhóidigh sí – she swore
caol díreach – straight
stuara – arcade

lá faoin tor – playing truant
folaithe – hidden
faoi thom glas – under a green bush
ball – member
pas beag – a little
líon mór – a large number
comhluadar – company
sé-phaca – six-pack
sna trithí gáire – in stitches laughing
sceacha – bushes
tá beirthe agam oraibh – I've caught you
thit an lug ar an lag ag – (they) became totally dejected
náirithe – shamed
ar fionraí – suspended
ógchiontóirí – juvenile delinquents

Ar Iarraidh

tásc ná tuairisc – not a trace
cinniúnach – fateful
pisreog – superstition
duibheagán – abyss
d'imigh sé as amharc – he disappeared
cúrsa gnó – a business course
spleodrach – vibrant
neamhspleách – independent
oifig árachais – insurance office
meitheal tóraíochta – a search party
sceimhlithe – terrified

Bíonn an Fhírinne Searbh

ríméad – great joy
srian – tie / control
ag gabháil thar bráid – passing by
dea-scéala – good news
gliondar – great joy
tuillte – earned
rún – promise
sa mhullach (anuas) air – down on him
um an dtaca seo – by this time
dóithín – fool
mhúinfeadh . . thaispeánfadh . . bhuafadh . . would teach
    . . show . . win [Modh Coinníollach]
plódaithe – packed
éacht – great deed
ragairne – revelry
ag teannadh air – fast approaching him
thit an lug ar an lag aige – he became totally dejected
creathán – shake
comhlíon – fulfill
lagmhisneach – low spirits
ag sileadh na ndeor – crying

Bíonn Blas ar an mBeagán

ní túisce – no sooner
úrnua – brand new
barr na sraithe – top of the range
mainicín – model
mealltach – enticing
toilteanach – willing
greanta – engraved

ar a gcamchuairt – on their travels
i bhfiacha – in debt
creidmheas – credit
sparán – purse / wallet
caife beir-leat – takeaway
trosc bán – white cod
brocach – filthy
go craosach – hungrily
leathdhorchadas – semidarkness

Brú

bioránta – freezing
na triailscrúduithe – mock examinations
ag teannadh leo – fast approaching them
breacdhorchadas – semidarkness
searbhasach – sarcastically
ciontach – guilty
go rúnmhar – secretively
dul chun cinn – progress
i ndeireadh na feide – at the end of (their) tether
an mochéirí – early rising
beag beann – oblivious

Nuair a Bhíonn an Cat Amuigh Bíonn na Lucha ag Rince

staicín áiféise – laughing stock
an comhar a aisíoc – to repay the favour
liú áthais – a cry of joy
eagraithe – organised
an phraiseach ar fud na mias – an awful mess
ag téacsáil – texting

siopa eischeadúnais – off licence
ceirtlis – cider
brioscáin phrátaí – crisps
béilín amach – takeaway
sólaistí – delicacies
comhluadar – company
caoch ar meisce – very intoxicated
scáileán plasmach – plasma screen
titim i laige – to faint
le ceangal – fit to be tied
smionagar – wreck
an bhail – the state
iontaoibh – trust
síocháin – peace
mhaith siad di é – they forgave her for it
an clabhsúr – the finishing touches, the end

Bíonn Dhá Cheann ar an Magadh

bíonn dhá cheann ar an magadh – mockery hits both ways
donas – badness
geáitsíocht – devilment
ar fionraí – suspended
cé is moite de – except for
a thuairiscí scoile – his school reports
ag déanamh cíor thuathail de – disrupting
d'aon ghnó – deliberately
triailscrúduithe – mock exams
cinneadh – decision
mí-iompar – bad behaviour

Cothrom na Féinne

dhearc – (she) looked
dólásach – sadly
faoiseamh – relief
spíonta – worn out
tásc ná tuairisc – not a trace
ceann faoi – shame
útamáil – fumbling
lombharróg – a tight hug

Ar Mhuin na Muice

ní chorródh sé – he wouldn't budge
ag aislingeacht – dreaming
scéal béaloidis – folktale
ag tathant air – urging him
gníomh gaile agus gaisce – a heroic deed
taisce – treasure
preasagallamh – press conference

Is Fearr an tImreas ná an tUaigneas

geáitsíocht – antics
mála smididh – make-up bag
mangaisíní – nick-nacks
téacsteachtaireachtaí (téacsanna) – text messages (texts)
triomacht – dryness
ag spaisteoireacht – wandering
go drúisiúil – lustfully
ríméad – delight
síocháin – peace

rún daingean – firm promise / resolve
imreas – quarrelling / discord
uaigneas – loneliness / solitude

Dóchas

dóchas – hope
Síneach – Chinese
stiúgtha – famished
lomeasnacha – spare-ribs
mairteoil – beef
goile – appetite
i gcéin – far away
biseach – recovery
lúcháir – great happiness
in ainneoin – despite
ag crith – shaking
binn – gable
sciorr – slide
gan aithne gan urlabhra – unconscious
gealgháireach – cheerful
meangadh – smile
cathaoir rotha – wheelchair
bac – hindrance
dochar – harm / damage
inchinn – brain
cosán – path
reoigh – freeze
cuisle – vein / pulse
tit i laige / titim i laige – faint / to faint
sméid – beckon
sceitimíní áthais – great joy
sruth – stream

Mol an Óige

geall leis – almost
géire – sharpness
síol an amhrais – a seed of doubt
thuisligh – stumbled
dícheallach – hard working
dúr – dour, sullen
go neamhbhalbh – bluntly

Filleann an Feall ar an bhFeallaire

giúirléidí – belongings
duine ná deoraí – (not) a soul
ag bagairt – threatening
toirtiúil – bulky, strong, sturdy
faiteach – frightened
go doscriosta – indelibly
chun mioscaise – towards malice / spite
gráin shíoraí – everlasting hatred
go staonfadh sé – he would stop
reoigh – froze
lagmhisneach – low spirits
tromluí – nightmare
go ceanndána – stubbornly
údarás – authority
foighne – patience
ruathar millteanach – mad rush
díoscán na gcoscán – the screeching of brakes
imeaglach – terrified
cladhairí – cowards
suarach – wretched
gan aithne gan urlabhra – unconscious

meascán mearaí – confusion
an maithfidh . . .? – will you forgive . . .?
sínteán – stretcher

Ní Thig Leis an nGobadán an Dá Thrá a Fhreastal

san áireamh – included
riachtanach – necessary
go seoigh – great
dáiríre – serious
gealgháireach – happy
ar nós cuma liom – couldn't care less
faillí – neglect
toil – will / wishes
raic – ruction
beag beann – oblivious
gach re . . . – every second . . .
ceann faoi – embarrassment
aiféala – regret
a chuir as – which upset
a chur in aithne – to introduce
gruama – gloomy
scéala – news
stangadh – fright
thit an lug ar an lag ag – became very disillusioned
lách – kind
cliseadh néarach – nervous breakdown
an phraiseach ar fud na mias – a complete mess
ciall cheannaithe – (teachings of) experience / hard-earned
    sense

Is Minic a Bhris Béal Duine a Shrón

lonnaithe – located, based
laoch spóirt – sporting hero
aithris – imitate
calaois – foul
tacláil chrua – hard tackle
íde na muc is na madraí – a real going-over
faillí – neglect
neart spideoige – strength of a robin
iarchairde – former friends

Díoltas

faobhar – edge
milleán – blame
ar fionraí – suspended
ag ransáil – ransacking
d'aimsigh sé – he found
sceith – inform
léasadh – beating
sceimhlithe – terrified
ag tuisliú – staggering
geall – promise

Spás

i bhfad ar shiúl – far away
réitigh – agree
in ord is in eagar – in order
príobháideacht – privacy
cuireadh iachall uirthi – she was made to, she had to

a aimsiú – to get / find
faoiseamh – relief
chuir . . . ina leith – accused her of
ar a sáimhín só – happy, at ease
faoi bhois an chait (acu) – under their thumbs
a thochas – scratch
ina chíor thuathail – in chaos
tháinig na deora léi – she began to cry
socair – happy, at ease
cosc a chur léi – to prevent her from
i ndeireadh na feide – at her wits' end
faoi chuing na daoirse – in captivity, like a hostage
rún daingean – a firm resolution
cur ina coinne – to oppose her
deis – opportunity
cloigín – little bell
dorchla – corridor

Draíocht an Cheoil

deoir – tear
sil / sileadh – shed / shedding
fonn – desire
goill ar – afflict / hurt
cumas – ability
breitheamh – judge
thit an lug ar an lag aige – he was flabbergasted
scuaine – queue
téigh i bhfeidhm ar – impress
tionlaic – accompany
rún – resolution
seilbh – possession
a thúisce agus – as soon as

ar tí – about to
clúiteach – famous
meangadh – smile

Is Glas Iad na Cnoic i bhFad Uainn

cinniúnach – fateful
drochaoibh – bad humour
ar fionraí – suspended
balcaisí – clothes
mála taistil – suitcase
thaobhaigh sí – she sided
thóg sí raic – she kicked up a rumpus
íde na muc is na madraí – dog's abuse
géilleadh – give in
maolchluasach – crestfallen
téanam ort – let's go
ceanndána – stubborn
lóistín – digs
doicheallach – hostile
i ndeireadh na feide – at the end of one's tether
achrann – trouble
óinseach chríochnaithe – a complete fool
fadfhulangach – long-suffering
dailtín – messer
loitithe – spoilt
a chip is a mheanaí – all his belongings
múrtha fáilte – great welcome
d'fháisc siad – they embraced
maithiúnas – forgiveness

Is Olc an Ghaoth nach Séideann Maith do Dhuine Éigin

ceanndána – stubborn
thoiligh sé – he agreed
bhí sé fuar aici – it was useless for her
scéala – news
ar fónamh – well
cur faoi – live
aontíos – in one house with
a chip is a mheanaí – all his belongings
buairt – sorrow / worry
comhluadar – company
go seoigh – great
ag stealladh – speaking with confidence (ag stealladh báistí
  – lashing rain)
ba leasc leis – he was reluctant
ag siúl amach le – going out with
caoch – madly
trí chéile – upset
uacht – will
mian a chroí – his heart's desire
fadtéarmach – longterm

Misneach

mianach – potential
gairmiúil – professional
dlúthdhioscaí – CDs
siamsaíocht – entertainment
tuigeadh dó – he realised
le ceangal – fit to be tied / very angry
sheas sé an fód – he stood his ground
scabhta – scout

drogallach – reluctant
cinneadh – decision
fear an mhisnigh – the brave man

Níl Aon Tinteán mar do Thinteán Féin

clingeach – chiming
ag fógairt – announcing
tostach – silent
madramhianta – dog desires
biorann sé – he pricks
inghlactha – acceptable
díoscán – creaking
gliogram – noise
ó chianaibh – a while ago
á sníomh – wringing
smearadh – dabbing
dá leas féin – his own good
Imní – Anxiety
Faitíos – Fear
Amhras – Doubt
leochaileach – fragile
do-aimsithe – inaccessible
géillsinigh – subjects
le meilt – to be spent
dualgais – obligations
tuirlingte – landed
spíce – spire
duairceas – gloom
ar tinneall – on edge
go faíoch – bitterly (crying)
seachrán – lost, missing
ag fánaíocht – wandering

ídíodh – it was spent
drabhlásach – wild, drunken
go grinn – carefully
dearóil – wretched
deilbh – shape
uafar – horrible
gruaim – sorrow
sméid – beckoned
ceannaithe – features
umar na haimléise – the trough of despair
sceon – terror
cailleach – hag
go frasach – pitifully
maithiúnas – forgiveness
naimhdeach – in a hostile fashion

Nollaig an Fheasa

de phlimp – with a sudden crash
d'iniúch sé – he scrutinised
toirt – bulk, body
reoigh – froze
mar sceach driseoige – like a briar bush
plait – scalp
bhí sé sreangshúileach – he had bloodshot eyes
ceannaithe – aghaidh, features
ingne – fingernails
fan mar a bhfuil tú – stay put
ar thóir – searching for
gabháil bhrosna – a handful of sticks
smeachóid – a live ember
a d'aimsigh sé – he got / found
tlú – tongs

scamhóga – lungs
leacracha teallaigh – hearth flags
an bun – the butt
go maolchluasach – crestfallen, dejectedly
thit an lug ar an lag agam – I became very disillusioned
lagachar – weakness
cogar mogar – chit-chat, whispering
aoibh an gháire – a smile
mearbhall – confusion
creathán – a shake
greas – a bout (of)
seile – a spit
siosarnach – hiss
súicheach – sooty
te as an oigheann – fresh from the oven
maide draighin – a blackthorn stick
meall – lump
triacla – treacle
scól sé – he scalded
sna trithí – in stitches laughing
le giolcadh an ghealbháin – at cockcrow
ar nós geilte – like a madman
ceilte i bpoll an iarta – hidden in the hob
Bhain loime na fírinne sin siar asam – I was taken aback by
    that naked truth.
ar m'ucht – on my chest
doicheall – hostility
leochaileach – fragile
rud do-athnuaite – something that could not be renewed
leathchoróin – a half-crown
san anallód – long ago
go fannchroíoch –with a sad heavy heart